使い

ライマン・フランク・ボーム
柴田元幸=訳

角川文庫 17828

The Wonderful Wizard of Oz
1900 by Lyman Frank Baum

オズの魔法使い　目次

よき友にしてよき仲間　わが妻にこの本をささげる

L・F・B

はじめに

いつの世でも、幼年期には民話、伝説、神話、おとぎばなしがつきものでした。すこやかな子どもはみんな、奇想天外な、驚異にみちた、現実とかけ離れた物語を愛する、健全で本能的な心をもっているからです。グリムやアンデルセンに出てくる、羽のはえた妖精（ようせい）たちは、人間がつくり出したほかのすべてのものを合わせたより、もっと多くのよろこびを、子どもたちの心にもたらしてきました。

けれども、何世代もつとめをはたしてきた、昔ながらのおとぎばなしは、もう子ども図書館においては「歴史的な本」と分類されてもよいかもしれません。もっとあたらしい「ふしぎのおはなし」の時代がいまやおとずれたのであって、そうした話にあっては、お決まりの魔神、こびと、妖精などは、それぞれの話にいかめしい教訓をつけくわえるために盛り込まれたもろもろの恐ろしい、血もこおるような出来事ともども、抹消しなくてはなりません。現代では、教育のなかに、道徳の教育も含まれています。したがって、現代の子どもは、「ふしぎのおはなし」のなかにもっぱらたのしみをもとめるのであり、あれこれのふゆかいな出来事がなくなるのは大歓迎なのです。

そういう思いとともに、『オズの魔法使い』は、今日の子どもたちにひたすらたのしんでもらうために書きました。ふしぎやよろこびはいままでどおりあって、つらい気持ちや悪夢は排除された、現代のおとぎばなしをこの本はめざしているのです。

L・フランク・ボーム

一九〇〇年四月　シカゴにて

1　大竜巻

　ドロシーはカンザスの大平原のまっただなかに、農場をやっているヘンリーおじさんと、その奥さんのエムおばさんといっしょに住んでいた。ここに家を建てるには、材木を荷車で何マイルも運んでこないといけない。三人が住んでいる家はとても小さかった。壁が四方にあって、床があって、屋根があるだけのひと部屋。この部屋に、さびた見かけの料理用ストーブと、お皿をしまっておく棚と、テーブルと、三、四脚のいすと、ベッドがあった。ヘンリーおじさんとエムおばさんの大きなベッドが一方の隅にあって、ドロシーの小さなベッドがべつの隅にあった。屋根裏はぜんぜんないし、地下室といっても、地面に小さな穴が掘ってあるだけ。これを竜巻壕と呼び、通り道にある建物を残らずこわしてしまうようなつむじ風が来たら、みんなでここに入るのだ。床のまんなかに跳ね上げ戸があり、そこから梯子が下がっていて、その小さな暗い穴に通じていた。

　ドロシーが戸口に立って外を見わたすと、どちらを向いても、見えるのはひたすら灰色の大平原ばかりだった。木一本、家一軒たりとも、四方に空の果てまで広がる平たい大地をさえぎりはしなかった。たがやした土地は陽に焼けて灰色のかたまりと化し、あちこちに細かいひび割れが走っていた。草さえも緑ではなく、細長い草の葉先は陽に焼けて、あたり一面の灰色とそっくり同じ色になっていた。かつて家にペンキを塗ったこともあったけれど、太陽のせいでペンキは火ぶくれを起こし、それも雨に洗い流されて、いまではもう家も、ほかの何もかもと同じどんよりした灰色だった。

エムおばさんがここへ移ってきたとき、おばさんは可愛らしい若奥さんだった。太陽と風は、そんな彼女も変えてしまっていた。目からは輝きがうばわれ、くすんだ灰色に変わった。ほおと唇からも赤味が失せて、これまた灰色になっていた。おばさんは棒みたいにやせていて、いまではもうぜったいに笑わなかった。孤児のドロシーがやって来たとき、おばさんはドロシーの笑い声に仰天して、その陽気な声が耳に届くたびにキャッと悲鳴を上げて胸に手を押しあてた。そしていまでも、こんなところでドロシーが笑いの種を見つけられることに驚いて、目を丸くして彼女を見るのだった。

ヘンリーおじさんもぜったいに笑わなかった。朝から晩まで黙々とはたらいて、楽しいというのがどういうことかも知らなかった。長いあごひげからごつごつのブーツまで、おじさんもやっぱり灰色で、見るからにいかめしく、めったに口をきかなかった。

ドロシーを笑わせてくれたのはトトだった。トトのおかげで、周りに広がる灰色に染まってしまわずにすんだ。トトは灰色ではなかった。黒い小犬で、絹のような長い毛をしていて、ちっぽけでへんてこな鼻の上で小さな黒い目がキラキラ楽しげに光った。トトは一日じゅう遊び、ドロシーもいっしょに遊んだ。ドロシーはトトが大好きだった。

けれども今日、彼らは遊んでいなかった。ヘンリーおじさんは戸口に座りこんで、心配そうな顔で、いつにも増して灰色の空を見上げていた。ドロシーは両腕にトトを抱いて戸口に立ち、やはり空を見上げていた。エムおばさんはお皿を洗っていた。

ずっと北のほうから、低くむせぶような風の声が聞こえてきて、ヘンリーおじさんとドロシーのいるところからも、やって来たあらしを前にして背の高い草が波打って頭を下げるのが見えた。ひゅうっと鋭い、口笛のような音が南の空から届き、二人が目を向けてみると、そっちのほうからも草のさざ波がやって来るのが見えた。

と、いきなりヘンリーおじさんが立ち上がった。

「大竜巻が来るぞ、エム」おじさんはおばさんに呼びかけた。「牛と馬の様子を見てくる」。そうしておじさんは、家畜を棲まわせている小屋のほうにかけていった。

エムおばさんは仕事をほうり出して戸口に飛んできた。ちらっと一目見て、間近にせまった危険を見てとった。

「早く、ドロシー！」おばさんは声をはり上げた。「地下室に入るんだよ！」

トトがドロシーの腕から飛びだして、ベッドの下にかくれたので、ドロシーはあわててつかまえに行った。エムおばさんはすっかり怯（おび）えて、床の跳ね上げ戸を開け、梯子を下りて小さな暗い穴に入っていった。ドロシーもやっとトトをつかまえて、おばさんのあとを追っていった。部屋を半分横切ったところで、耳をつんざくような風の音が聞こえて、家がものすごく揺れたので、ドロシーは足場を失い、べたっと床にすわり込んだ。

そして、ふしぎなことが起きた。

家が二度、三度ぐるぐる回って、ゆっくり宙に浮かび上がったのだ。まるで、気球に乗って空にのぼっていくみたいだった。

北の風と南の風が、ちょうど家の建っているところで出合い、家はまさしく大竜巻の目となった。竜巻の目では、ふつう空気は静かで動かないのだけれど、風のすさまじい圧力が四方から加わったものだから、家はぐんぐん上がっていって、とうとう竜巻のてっぺんまで達してしまった。そしてその高さにとどまったまま、何マイルも何マイルも、鳥の羽根みたいに軽々と運ばれていった。

ひどく暗いし、風はまわりで恐ろしいうなりを上げたものの、家はいとも易々と飛んでいた。はじめは何度か目まぐるしく回ったし、一度はひどく傾いたけれど、あとはもう、ドロシーはゆりかごの赤ん坊みたいに優しく揺られていた。

トトはご機嫌ななめだった。部屋のなかをあちこちかけまわって、キャンキャンやかましくほえた。でもドロシーは、いったいこれからどうなるのかと、じっと床に座っていた。

一度トトが、開いた跳ね上げ戸に近よりすぎて落ちてしまい、ドロシーはてっきり、もうトトと別れわかれになってしまったものと思った。けれどじきに、耳が片っぽ、穴からつき出ているのが見えた。風の勢いがあまりに強く、下から押し上げられて、落ちようがなかったのだ。ドロシーは穴のほうに這っていって、トトの耳をつかまえて部屋に引きもどしてから、またそういうことが起きないよう跳ね上げ戸を閉めた。

一時間、一時間と過ぎていくうちに、怖いと思う気持ちもだんだん薄れていった。けれどドロシーはすごくさみしい気分だったし、風がまわりじゅうですさまじい声を上げるせいで耳がこわれてしまいそうだった。はじめは、家が地面に落ちたら自分もこなごなになってしまうんじゃないかと思ったが、何時間か経っても何も恐ろしいことが起きないので、もう心配するのはやめて、なるようになるさという気で待つことにした。そうして結局、揺れる床を這ってベッドまで行き、その上に横になった。トトもついて来て、となりに横になった。

家は揺れるし、風もむせび声を上げたけれど、ドロシーはまもなく目を閉じて、深い眠りに落ちていった。

2　マンチキンたちとの話しあい

ドロシーは大きな衝撃で目をさました。いきなりの、激しい衝撃で、柔らかいベッドに寝ていなかったら怪我をしたかもしれない。ガツン、と来たのでドロシーはハッと息をのんだ。いったい何があったんだろう。トトが冷たい小さな鼻をドロシーの顔に押しつけてきて、心ぼそそうに鳴いた。体を起こしてみると、家はもう動いていなかった。もはや暗くもなく、まぶしい陽が窓からさし込んでいて、小さな部屋じゅうに光があふれていた。ドロシーはベッドから跳び上がって、トトをうしろにしたがえてかけていき、ドアを開けた。

アッと驚きの声をドロシーは上げて、あたりを見まわした。そこに広がるすばらしい眺めに、目が見るみる大きくなっていった。

大竜巻は家を、そっと優しく（つまり、大竜巻にしては優しく）、信じられないくらい美しい国のまんなかに下ろしたのだった。きれいな緑の芝生がそこらじゅうに植えてあって、堂々とした木々には香りのよい実がたわわに生（な）っていた。あでやかな花がそこらじゅうに咲きみだれ、珍しい、絢爛（けんらん）たる羽の鳥が木々ややぶのなかでうたい、翼をはためかせた。少し離れたところに小川があって、緑の土手にはさまれてきらきら光る水がいきおいよく流れ、せせらぎの声を上げていた。かさかさに乾いた灰色の大草原で長いことくらしていたドロシーの耳に、それはとても快くひびいた。

はじめて見るきれいな景色をうっとり眺めていると、見たこともないような、おそろしくへんてこなかっこうをした人たちの一団がこっちへ来ることにドロシーは気づいた。ドロシーが慣れしたしんできた大人たちほど大きい人は一人もいなかったけれど、さりとてみんな、ものすごく小さいわけでもなかった。実際、歳のわりには大きいほうのドロシーと同じくらいの背丈だったが、年齢はもっとずっと上に見えた。

三人は男で、一人は女で、それが残らず奇妙な服装だった。頭には高さ三十センチの三角帽をかぶっていて、つばからは小さな鈴がいくつも垂れ、動くとちりん、ちりんと澄んだ音で鳴った。男の人の帽子は青く、小さな女の人の帽子は白かった。女の人は白いガウンを着ていて、ひだが肩から垂れていた。ガウンの上で小さな星がいくつもきらめき、陽を浴びてダイヤモンドのように輝いた。男の人たちは帽子と同じ色あいの青い服を着ていて、てっぺんに青い折りかえしのたっぷりついた、よく磨いたブーツをはいていた。三人のうち、二人はあごひげを生やしていたので、この人たち、ヘンリーおじさんとだいたい同い年だわとドロシーは思った。けれど小さな女の人は、あきらかにもっとずっと年上だった。顔はしわだらけで、髪はほぼまっ白、歩き方もぎくしゃくしていた。

　ドロシーの立っている戸口の近くまで来ると、みんなは立ちどまり、なんだかこれ以上近よるのが怖いみたいに、たがいにひそひそささやきあった。でも小さな年とった女の人がドロシーの前までやって来て、深々とお辞儀をし、優しい声で言った。

「マンチキンの国へようこそ、この上なく高貴なる魔法使いさま。東の国の悪い魔女を退治してくださり、民を囚われの身から解きはなってくださったこと、わたくしどもみな心から感謝しております」

　この演説に、ドロシーは呆然としてしまった。あたしのことを魔法使いだとか、東の国の悪い魔女を退治しただとか、この女の人いったい何を言ってるんだろう？　あたしは何も知らない、悪気もない、大竜巻に何マイルも運ばれてきただけの子どもなのに。生まれてこのかた、何かを退治したことなんていっぺんもない。

　でも小さな女の人は、見るからにドロシーの答えを待っている。そこでドロシーはおずおずと言った。「どうもご親切に。でもきっと何かのまちがいです。わたし、何も退治なんかしてません」

「あなたの家が退治してくれたのです」小さな年とった女の人は笑いながら言った。

「だから同じことですよ。ほら！」と、家の隅を指さしながら女の人はつづけて言った。「あそこに両方の足先が見えるでしょう。木のかたまりの下から、つき出たままです」

ドロシーはそっちを見て、キャッとおびえた声を上げた。たしかに、家の土台になっている太い角材の端のすぐ下から、先っぽのとがった銀の靴をはいた足が二本、ぬっとつき出ているではないか。

「わあ！　たいへん！」ドロシーはさけんで、ああどうしようと両手をにぎりしめた。「家の下じきになったんだわ。どうしましょう？」

「どうもしなくていいのです」小さな女の人は落ち着いた声で言った。

「でもこの人誰？」ドロシーは訊いた。

「東の国の悪い魔女ですよ、さっきも申しあげたとおり」小さな女の人は答えた。「何年もずっと、マンチキンみんなを囚われの身にして、昼も夜も奴隷としてこきつかっていたのです。それがやっとみな自由になって、あなたのおかげだと感謝しているのです」

「マンチキンって誰？」ドロシーはたずねた。

「ここ、悪い魔女が支配していた東の国に住んでいる人たちです」

「あなたもマンチキンなの？」

「いいえ、でもマンチキンの味方です、住んでいるのは北の国ですが。東の国の魔女が死んだのを見て、マンチキンたちがわたくしのもとに使者をつかわしたので、さっそくやって来たのです。わたくしは北の国の魔女です」

「わ、ほんものの魔女なんですか⁉」ドロシーはさけんだ。

「ええ、そうですよ」小さな女の人は答えた。「でもわたくしはよい魔女で、人びとに愛されております。この国を支配していた悪い魔女ほど力はありません。あったら、わたくしが人びとを自由にしていたのですが」

「魔女ってみんな悪いものだと思ってたわ」ほんものの魔女を前にして、ちょっとびくびくしながらドロシーは言った。

「いいえいいえ、ぜんぜんそんなことありません。オズの国全体で魔女は四人しかいなくて、そのうち北の国と南の国に住む魔女はよい魔女です。本人のわたくしが言うんですから、まちがいありません。そして東の国と西の国に住んでいたのは、たしかに悪い魔女だったのですが、あなたが一方を退治してくださったので、オズの国全体、悪い魔女はあと一人、西の国の魔女だけになりました」

「でも」ドロシーは一瞬考えてから言った。「魔女はもうみんな死んだってエムおばさんは言ってたわ——何年も何年も前に死んだんだって」

「エムおばさんってどなた?」北の国の魔女はたずねた。

「カンザスに住んでるわたしのおばさんです」

少しのあいだ、魔女は頭を垂れ、地面とにらめっこしながら考えている様子だった。やがて、魔女は顔を上げて言った。「カンザスがどこにあるのか、わたくしにはわかりません。そんな国、聞いたこともありませんから。でもどうなんでしょう、そこって文明国でしょうか?」

「ええ、もちろん」ドロシーは答えた。

「やっぱりそうですか。文明国にはもう、魔女とか魔法使い、魔術師などは残っていないようです。でもオズの国は、まだ文明化されておりません。ここは世界から切り離されていますから。だからこの国には、いまだに魔女や魔法使いがいるのです」

「魔法使いって誰?」ドロシーは訊いた。

「オズ本人が大魔法使いです」魔女は声をひそめて答えた。「わたしたちみんながいっしょになったよりもっと大きな力があるのです。エメラルドの街に住んでいます」

ドロシーはもうひとつ訊こうとしたが、ちょうどそのとき、それまでだまってそばに立っていたマンチキンたちが大声を上げ、悪い魔女が倒れていた家の隅を指さした。

「どうしたの？」北の国の魔女は訊いて、そっちを見ると、あははと笑いだした。死んだ魔女の足がすっかり消えて、銀の靴以外何も残っていなかったのだ。

「ものすごい歳でしたからねえ」北の国の魔女は説明してくれた。「だから、陽にあたって、あっというまに萎んでしまったんです。これで悪い魔女も一巻の終わりです。でも銀の靴はあなたのものです。あなたがおはきになるんです」。そう言って魔女は身をかがめて靴を拾い上げ、埃をはらい落としてからドロシーに渡した。

「東の国の魔女は、その銀の靴を自慢にしておりました」とマンチキンの一人が言った。「何か魔法がこの靴にはかかっているんです。でもそれがどんな魔法なのか、わたくしどもにはまるでわかりませんでした」

　ドロシーは靴を家のなかに持っていって、テーブルの上に置いた。それからもう一度マンチキンたちの前に出て、こう言った。

「わたし、おばさんとおじさんのところに帰りたいんです。二人とも、わたしが戻ってこなかったら心配すると思うんです。帰る道をさがすの、手伝ってもらえませんか？」

　マンチキンたちと魔女は、まずたがいに顔を見あわせ、それからドロシーのほうを見て、それから首を振った。

「東の国の、ここからそんなに遠くないところに」一人が言った。「大きな砂漠があって、そこを生きて越えられる者はおりません」

「南の国も同じです」べつの一人が言った。「わたしはそこに行って、自分の目で見ました。南の国はクワドリングの国です」

「わたしが聞いたところでは」三人目が言った。「西の国も同じです。そして西の、ウィンクルたちが住んでいる国は、西の国の悪い魔女が支配していて、通りがかった者を奴隷にしてしまいます」

「北の国はわたくしの国です」魔女が言った。「国の果てにはやはり大きな、このオズの国を囲んでいる砂漠があります。お嬢さん、お気の毒ですが、わたくしたちと暮らしていただくしかありません」

こう言われてドロシーはしくしく泣きだした。知らない人たちに囲まれて、さみしくてたまらなかった。ドロシーが泣くのを見て、心優しいマンチキンたちも胸を痛めたか、すぐさまハンカチをとり出して、自分たちもさめざめと泣きだした。と、魔女が帽子をぬいで、帽子のとがった先っぽを鼻先にのせ、重々しい声で「いち、に、さん」とかぞえた。とたんに帽子は小さな黒板に変わって、その上にはチョークで大きくこう書いてあった。

ドロシーをエメラルドの街に行かせなさい

　魔女は黒板を鼻先から離して、その言葉を見てから、「お嬢さん、あなたのお名前はドロシー？」と訊いた。

「はい」ドロシーは答え、顔を上げて涙をふいた。

「ではエメラルドの街に行かなくてはなりません。たぶんオズが助けてくれることでしょう」

「その街って、どこにあるんですか？」ドロシーは訊いた。

「この国のまんなかにあって、いま申しあげた大魔法使いのオズが支配しています」

「その人、いい人？」ドロシーは不安な気持ちでたずねた。

「よい魔法使いです。人かどうかはわかりません。見たことがないので」

「どうやったらそこに行けます？」

「歩いていくしかありません。長い道のりで、気持ちのいいところもあれば、暗くて恐ろしいところもある土地を通っていきます。けれどわたくしも、あなたの身に悪いことが起きぬよう、知っている魔法をありったけつかってさしあげます」

「いっしょに行ってもらえませんか？」ドロシーはすがるように言った。この小さな年とった女の人が、たった一人の親しい人に思えてきたのだ。

「いいえ、それはできません」魔女は答えた。「でもあなたにキスしてあげます。北の国の魔女にキスされた人間に、悪さをする者はおりません」

魔女はドロシーのほうに寄ってきて、おでこにそっとキスした。あとでドロシーにもわかったのだが、彼女の唇がふれたところに、丸いぴかぴかのしるしが残った。

「エメラルドの街に通じる道には、黄色いレンガが敷いてあります」魔女は言った。「だから見のがしようはありません。オズのもとにたどり着いたら、怖がってはいけません。事情を説明して、助けをお願いしなさい。さようなら、お嬢さん」

三人のマンチキンが、ドロシーに深々とお辞儀をして、旅の無事を祈ってくれてから、木立を抜けて去っていった。魔女はドロシーに向かって親しげに会釈し、左のかかとを軸にしてくるくる三べん回り、パッと姿を消した。犬のトトはびっくりして、魔女がいるあいだは怖くてうなり声ひとつ上げられなかったくせに、とたんにキャンキャンやかましく吠えだした。

けれどドロシーは、相手が魔女だとわかっていて、まさしくこんなふうに消えるものと思っていたから、ぜんぜんおどろかなかった。

3　ドロシー、かかしを救う

みんながいなくなると、お腹が空いてきたので、ドロシーは戸棚に行ってパンを少し切り、バターを塗った。トトにも分けてやってから、道具棚から桶を下ろして、小川に持っていき、澄んだ泡立つ水をいっぱいに入れた。トトは木立のほうにかけていって、木にとまった鳥たちに向かって吠えだした。ドロシーが連れもどしにいくと、すごくおいしそうな果物が枝から下がっていたので、朝ごはんの仕上げにぴったりだと思っていくつかもいだ。

それから家に帰って、トトといっしょに澄んだ冷たい水をぞんぶんに飲むと、エメラルドの街への旅支度にとりかかった。

予備のワンピースはひとつしかなかったけれど、ちょうど洗ってあってベッドのかたわらの掛け釘から吊るしてあった。白と青のギンガムチェックで、何べんも洗ったせいで青はいくぶん色あせていたものの、いまでもかわいいワンピースだった。ドロシーはていねいに顔を洗い、洗濯したギンガムに着がえて、ピンクの日よけ帽の紐をむすんだ。小さなバスケットを出して、戸棚にあったパンを入れ、上に白いきれを掛けた。それから足下を見おろすと、靴がひどく古びてくたびれているのが目に入った。

「ねえトト、これじゃ長旅なんて無理よね」ドロシーは言った。するとトトは小さな黒い目でドロシーの顔を見上げ、しっぽを振って、何を言われたかちゃんとわかっていることを伝えた。

ふとテーブルの上を見ると、東の国の魔女の持ち物だった銀の靴が載っていた。

「これ、あたしの足に合うかしらねえ」ドロシーはトトに言った。「この靴ならぜったいにすり減らないから、長旅には持ってこいなんだけど」

古い革靴を脱いで、銀の靴をはいてみると、まるで誂えたみたいにぴったりだった。

そしてドロシーは、いよいよバスケットを手にとった。

「おいで、トト。あたしたちエメラルドの街へ行って、偉大なるオズにカンザスへ帰る道を教わるのよ」

ドアを閉めて、鍵をかけ、ワンピースのポケットにきちんと鍵をしまった。こうして、物々しい顔でついてくるトトをしたがえて、ドロシーは旅立った。

あたりには道が何本かあったけれど、黄色いレンガを敷いた道を見つけるのはわけなかった。ドロシーはじきに、エメラルドの街めざしててくてく歩いていた。銀の靴が固い黄色の路面に当たって楽しげに鳴った。陽があかるく照って、鳥たちがさわやかにうたった。小さな女の子が、自分の国からいきなり連れさられて知らない土地のただなかに下ろされたのだから、悲しい気持ちになって当然なのに、ぜんぜん嫌な気分ではなかった。

歩いていると、まわりの景色がとてもきれいなのでドロシーは驚いてしまった。道の両側には品よく青に塗った柵がきちんとめぐらされ、その向こうに麦畑や野菜畑が広がっていた。きっとマンチキンたちは農業がじょうずで、収穫もたっぷりあるにちがいない。ときおり人家の前を通ると、なかから住人たちが出てきて、歩いていくドロシーにふかぶかとお辞儀をしてくれた。この人が悪い魔女をやっつけて自分たちを自由にしてくれたのだと、みんな知っていたのである。マンチキンたちの家はへんてこなかたちをしていた。なにしろどの家も丸く、屋根も大きな丸屋根なのだ。どこの家も青くぬってあった。ここ東の国では、青色が一番好かれているのだった。

そろそろ日も暮れてくるし、ずっと歩いて疲れてきたので、どこで夜を明かそうかとドロシーが思案しはじめていると、ほかの家より大きい家があらわれた。家の前の青々とした芝生で、おおぜいの男女がダンスをしていた。小さなバイオリン弾きが五人、精いっぱい大きな音をかなで、みんなで笑ったりうたったりして、そばの大きなテーブルには、おいしそうな果物や木の実やパイやケーキなどなど、ごちそうがどっさり載っていた。

人々はドロシーに愛想よくあいさつし、夕食を勧めてくれて、今夜は泊まっていきなさいと言ってくれた。ここは東の国でも指折りのお金持ちマンチキンの家で、悪い魔女に囚われていた日々が終わったことを祝おうと、友だち同士集まっていたのだった。

お金持ちのマンチキンその人に給仕してもらって、ドロシーはお腹いっぱい食べた。お金持ちは名前をボクといった。それからドロシーはソファに腰かけて、みんながダンスするのをながめた。

銀の靴を見ると、ボクは「あなたはすごい魔法使いなのですね」と言った。

「どうして？」ドロシーは訊いた。

「銀の靴をはいていて、悪い魔女を退治したからです。それに、着ているものも白だし。白を着るのは魔法使いだけです」

「わたしのワンピースは青と白のチェックよ」ドロシーはワンピースのしわをのばしながら言った。

「ご親切なことです、そういうのを着てくださるのは」ボクは言った。「青はマンチキンの色で、白は魔法使いの色ですから、あなたは魔法使いだとわかるのです」

ドロシーはなんと答えたらいいかわからなかった。みんながドロシーのことを魔法使いだと思ってるみたいだけれど、本人としては、ごくふつうの、大竜巻で知らない土地まで飛ばされてきた女の子のつもりだった。

ダンス見物にもあきてくると、ボクに案内されて家のなかに入り、かわいらしいベッドの置いてある部屋に通された。寝具も青い布で、ドロシーはそれにくるまって朝までぐっすり眠り、トトもその横で青いじゅうたんの上に丸まっていた。

朝ごはんもお腹いっぱい食べて、ちいさなマンチキンの赤ん坊がトトとあそぶのをながめた。赤ん坊はトトのしっぽを引っぱって、ひどく愛嬌ある声でキャッキャッとさけんだり笑ったりした。トトはみんなの注目の的だった。マンチキンたちは犬というものを見たことがなかったのである。

「エメラルドの街まで、どれくらいあるんですか？」ドロシーは訊いてみた。

「わかりませんねえ、私も行ったことないもので」ボクは重々しく答えた。「用事がないかぎり、わたしどもはオズに近よらんほうが身のためなのです。とにかくエメラルドの街までは長い道のりで、何日もかかります。このあたりは土地も豊かで快適ですが、目的地に着くまでには、荒れた危険な場所を通っていかないといけません」

そう言われてドロシーはすこし心配になったけれど、何しろカンザスに帰るのを助けてくれるのはオズだけなのだから、いまさら引きかえすものかときっぱり決意した。

仲よくなった人たちにさよならを言って、黄色いレンガの道を歩きはじめた。何マイルか進んで、ひと休みしようと、道ばたの柵によじのぼって腰かけた。柵のむこうに大きなトウモロコシ畑があって、さほど遠くないところに、かかしが一人、熟したトウモロコシに鳥が来ないよう、さおのてっぺんに据えられていた。

ドロシーはあごを片手にのせて、かかしをしげしげとながめた。かかしの頭はわらを詰めた小さな袋で、そこに目と鼻と口が描いてあった。誰かマンチキンのものだったのか、古びた青いとんがり帽子が頭にちょこんと載っていて、体は色あせた着古しの青い服で、やっぱりわらが詰めてあった。両足には、この国の誰もがはいている、てっぺんのところが青くなった古いブーツをはき、さおを背中につき入れてあるせいで、体全体がトウモロコシの茎より高く上がっていた。

かかしのへんてこな、描きこまれた顔をじっくりながめていると、片方の目がゆっくりウィンクをよこしたのでドロシーはびっくりしてしまった。カンザスのかかしはぜったいウィンクなんかしなかったから、はじめはてっきり勘違いかと思ったけれど、次にかかしはドロシーにむかって愛想よく頭を下げた。ドロシーは柵から下りてかかしのいるところへ行った。トトもさおのまわりをかけまわってキャンキャン吠えた。

「こんにちは」かかしはしゃがれ気味の声で言った。

「いましゃべったの、あなた?」ドロシーはびっくりして訊いた。

「もちろん」かかしは答えた。「ごきげんいかがです?」

「ありがとう、元気です」ドロシーは礼儀正しく答えた。「あなたは?」

「元気じゃないですね」かかしはほほえみながら言った。「なにしろ昼も夜もここに据えられて、カラスを追いはらわされてるんです。ものすごく退屈なんですよ」

「下りてこれないの？」とドロシーは訊いた。

「はい、このさおが背中につっ込んであるもので。もしこのさお、抜いていただけたら、たいへんありがたいんですが」

ドロシーは両腕を上げて、かかしの体をさおから抜いた。何しろわらが詰めてあるだけなので、ひどく軽かった。

「どうもありがとうございます」と、地面に下ろしてもらうとかかしは言った。「生まれかわったような気がしますよ」

こう言われてドロシーは面喰らってしまった。わらを詰めたかかしがしゃべるだけでも変なのに、それがお辞儀をしていっしょに並んで歩きだすなんて、ますます変だと思った。

「あなたはどなたです？」かかしは大きく伸びをしてあくびをしてから訊いた。「どこへ行かれるんです？」

「あたしはドロシー。エメラルドの街へ行って、偉大なるオズにカンザスまで送りかえしてもらうんです」

「エメラルドの街ってどこです？」かかしはたずねた。「オズって誰です？」

「え、知らないの？」ドロシーはびっくりして訊きかえした。

「ええ、知りませんとも。わたしね、なんにも知らないんです。ごらんのとおり、頭にはわらが詰まってるだけで、脳味噌がぜんぜんないもんですから」と、かかしは悲しそうに答えた。

「そうなの」ドロシーは言った。「それはとてもお気の毒ね」

「もしわたしもいっしょにエメラルドの街へ行ったら、そのオズって方が、脳味噌くださったりしますかねえ?」

「どうかしらねえ」ドロシーは答えた。「でもよかったらいっしょに行きましょうよ。たとえ脳味噌はもらえなくても、いまよりひどいことにはならないわ」

「そうですよね」かかしは言った。「わたしとしてはですね」とかかしは、うちあけるような口調でなおも言った。「足や腕や胴にわらが詰まってるのは、いっこうにかまわんのです。おかげで怪我もしませんしね。つま先を踏んづけられたって、体に釘をさされたって平気です、なんにも感じませんから。でも、人から馬鹿よばわりされるのは嫌なんです。これからもずっと頭に、あなたみたいに脳味噌じゃなくて、わらが詰まってたら、いったいどうやってものを知れっていうんです?」

「よくわかるわ」ドロシーは心から同情して言った。「いっしょに来たら、できるだけのことをしてあげてくださいってオズに頼んであげる」

「ありがとう」かかしはほんとうにありがたそうに言った。

彼らは道に戻っていった。かかしはドロシーに手を貸してもらって柵を越え、みんなでエメラルドの街めざして黄色いレンガの道を歩きだした。

　トトははじめ、この新入りが気に入らなかった。わらのなかにネズミの巣でもあるんじゃないかと疑っているみたいに、わらの詰まった男のまわりをくんくん嗅いで、憎らしげなうなり声を何度も浴びせた。

「トトのこと、気にしないでね」ドロシーは新しい仲間に言った。「嚙みやしないから」

「いえ、怖くありませんよ」かかしは答えた。「わらだから痛くありません。そのバスケットお持ちしますよ。大丈夫、わたし、疲れということを知りませんから。ひとつ秘密をお教えします」と、かかしは歩きながらさらに言った。「この世でひとつだけ、わたしの怖いものがあるんです」

「何なの？　あなたをつくったマンチキンのお百姓さん？」

「いいえ」かかしは答えた。「火のついたマッチです」

4　森を抜けて

　何時間か行くと、道はだんだん荒れてきて、歩くのもひどく難儀になった。黄色いレンガもこのへんではずいぶん凸凹で、かかしは何度もつまずいた。じっさい、時にはレンガが割れていたりなくなっていたりで、ぽっかり穴があいていて、トトはそのたびにぴょんと飛びこえ、ドロシーはよけて歩いた。かかしはといえば、何しろ脳味噌がないのでそのまままっすぐ歩き、穴にはまって、固いレンガの上にどさっと落ちた。けれどケガはぜんぜんなかったので、ドロシーがひょいと持ち上げて立たせてやると、いっしょに明るく自分の不幸をわらった。

　このあたりは畑も、いままでのところほど手入れが行きとどいていなかった。家も果物の木も減ってきて、先へ行けば行くほど、荒涼としてわびしくなった。

　正午になると、一同は道ばたを流れる小川のほとりに腰かけ、ドロシーがバスケットを開けてパンを取りだした。かかしに一切れさし出したが、かかしは断った。

「わたし、お腹すかないんです」かかしは言った。「ありがたいことですよ。なんせこの口、描いてあるだけですし、食べようと思って口を切ったりしたら、なかのわらがこぼれて、頭のかたちがぐしゃぐしゃになっちまいますからね」

なるほどそのとおり、とドロシーは納得し、だまってうなずいてパンを食べつづけた。

「あなたのこと話してくださいよ、お国のことも」かかしはドロシーが食べ終えると言った。そこでドロシーはカンザスのことを一部始終話して聞かせ、何もかもが灰色だったこと、大竜巻に巻きこまれてこの奇妙なオズの国へ来たことを語った。

かかしはじっくり聞いていたが、やがて言った。「わたしにはわかりませんね。どうしてあなたがこのきれいな国を離れて、そのカンザスっていう、乾いた灰色の場所に帰りたいのか」

「それはあなたに脳味噌がないからよ」ドロシーは答えた。「どんなにわびしくて灰色でも、あたしたち血と肉でできた人間は、自分の家に住みたいと思うものなのよ。よその国がどれほどきれいでもね。わが家にまさるところなし、よ」

かかしはため息をついた。

「もちろん、わたしにはわかりません」かかしは言った。「もしあなたがたの頭にも、わたしみたいにわらが詰まってたら、みなさんきっときれいな場所に住んで、カンザスには誰もいなくなるでしょうよ。あなたがたに脳味噌があって、カンザスには幸いですよ」

「休憩してるあいだ、何かお話ししてくれない？」ドロシーは訊いてみた。

かかしは責めるような目でドロシーを見て、こう答えた。

「わたしの人生、まだすごくみじかいですから、なぁんにも知らないんです。なにしろ、おとといつくられたばっかりなんです。それより前に、この世で何があったか、ぜんぜんわかりません。さいわい、お百姓さんがわたしの頭をつくってまずやってくれたのが、耳を描くことだったんで、まわりで何が起きてるかはちゃんと聞こえました。いっしょにもうひとりマンチキンがいて、まっさきに聞こえてきたのが、お百姓さんの『どうだい、この耳?』ということばでした。

『曲がってるよ』もうひとりが言いました。

『かまやしないさ』お百姓さんは言いました。『耳は耳なんだから』。それはそのとおりですよね。

『今度は目を入れるぞ』お百姓さんは言いました。そうしてわたしの右目を描いてくれて、描きあがったとたん、気がつけばわたしはその人を見ていて、興味津々、まわりのものひとつひとつを見ていました。なにしろ世界を見るのは、これがはじめてだったんですからね。

『なかなかきれいな目じゃないか』と、お百姓さんの仕事を見ていたマンチキンが言いました。『青いペンキは目にぴったりだな』

『もう片方は、少し大きくするかな』お百姓さんは言って、目が二つでき上がると、前よりずっとよく見えるようになりました。それから、鼻と口も描いてもらいました。けれどわたしはしゃべりませんでした。そのときはまだ、口ってのがなんのためにあるのか、知らなかったんです。人間たちがわたしの胴や腕や脚をつくるのを見るのは、楽しかったですよ。で、仕上げに頭をくっつけてもらうと、すごく得意な気分でした。これでわたしも、だれにも負けない一人前の人間だと思いました。

『こいつぁカラスを追っぱらってくれるぞ』お百姓さんは言いました。『まるっきり人間みたいだもんな』

『みたいも何も、まさに人間さ』相手は言って、まったくそのとおりだと、わたしも思いました。お百姓さんはわたしを小わきにかかえてトウモロコシ畑に行って、高いさおの上にわたしをつき立てて、そこをあなたが見つけてくださったわけです。お百姓さんとその友だちはじきに行ってしまって、わたしはひとり取りのこされていたんです。

こんなふうに置きざりにされるのは嫌でしたから、歩いて二人のあとを追いかけようとしたんですが、足が地につかないもので、あのさおの上にいるしかなかったんです。さみしいくらしでしたよ。つくられたばっかりで、考えることも、何ひとつありませんしね。カラスとか、ほかにもいろんな鳥が畑に飛んできましたが、わたしを見たとたん、みんなマンチキンだと思って、さっさと帰っていきました。これでわたしも気をよくして、なかなかどうして、おれもいっぱしの人間じゃないかと思いましたね。ところがやがて、年よりのカラスが一羽そばまで飛んできて、わたしのことをしげしげと見てから、肩にとまってこう言ったんです。
『あのお百姓、こんな不細工なやり方でわしをだませると思ったのかね。まともな頭を持ったカラスなら誰だってわかるさ、おまえがただのわら人形だって』。そうしてカラスはぴょんぴょんとわたしの足もとに降りてきて、トウモロコシを腹いっぱい食べました。ほかの鳥たちも、わたしがそいつに何もしないのを見て、われもわれもとトウモロコシを食べにきて、あっというまに、わたしのまわりに大きな鳥の群れができました。
悲しかったですよ。つまりはわたしが、それほど大したかかしじゃないってことですからね。でも年よりのカラスは、こうなぐさめてくれました。『おまえの頭に脳味噌さえあれば、誰にも負けない一人前の人間になれる。そこらへんの人間より上等なくらいさ。カラスだろうが人間だろうが、この世で持つ値打ちのあるものはただひとつ、それは脳味噌だ』
カラスたちが行ってしまってから、わたしはこの一言について考えました。なんとかして脳味噌が手に入るようがんばろう、そう決めました。さいわい、あなたがやって来てさおから引きぬいてくれました。そしてあなたのお話からして、エメラルドの街に着いたら、きっとその偉大なるオズが、脳味噌をくださると思うのです」

「だといいわね」ドロシーも親身になって言った。「だってあなた、ほんとうに脳味噌がほしそうなんだもの」

「ええ、ほしいですとも」かかしは答えた。「嫌な気分がするものですよ、自分が馬鹿だとわかるってのは」

「じゃ、行きましょう」ドロシーは言って、バスケットをかかしに渡した。もう道ばたに柵はなくなって、土地は荒れ、耕されていなかった。夕方ちかくに、大きな森の前に出た。すごく大きな木々がびっしり生えていて、黄色いレンガ道の上で、枝がたがいにくっついていた。枝が陽ざしをさえぎるので、木々の下はだいぶ暗かったが、旅人たちは立ちどまらずに、そのまま森のなかへ入っていった。

「この道、入口があるなら、出口もあるはずです」かかしは言った。「道の向こう端はエメラルドの街だから、ぜひこの道を行かないと」

「そんなこと、誰だってわかるわ」ドロシーは言った。

「そうですとも。だからわたしにもわかるんです」かかしは言った。「脳味噌がないとわからないようなこと、わたしには言えっこありませんからね」

一時間かそこらすると、日はすっかり暮れて、一同は闇のなかを手さぐりで進んでいった。ドロシーには何も見えなかったが、トトには見えた。犬のなかには、暗いところでもよく見える犬がいるのだ。そしてかかしも、昼とかわらずよく見えると言った。なのでドロシーはかかしの腕につかまって、まずまずスムーズに進むことができた。

「夜を明かせるような家かなにか見えたら」ドロシーは言った。「すぐ知らせてよね。闇のなかを歩くのって、すごく落ち着かないから」

じきに、かかしが立ちどまった。

「右手に小さな山小屋が見えます」かかしは言った。「丸太と木の枝でできてます。行ってみますか?」

「ええ、ぜひ」ドロシーは答えた。「わたしもう、くたくた」

というわけで、かかしが先に立って木々のあいだを抜けていき、山小屋の前に出た。ドロシーがなかに入ってみると、片隅に、乾いた葉を敷いた寝床があった。ドロシーはすぐさま横になり、トトもよりそうと、じきにぐっすり寝入ってしまった。疲れというものを知らないかかしは、別の隅に立って、朝が来るのを辛抱づよく待っていた。

5　ブリキの木こりを救う

　ドロシーが目をさますと、もう木もれ日がさしていて、トトはとっくに外に出て、自分やリスのまわりを舞う鳥たちを追いかけていた。ドロシーは体を起こしてあたりを見まわした。かかしが依然、隅っこに辛抱づよく立って、ドロシーを待っていた。

「水をさがしに行かないと」ドロシーはかかしに言った。

「どうして水が要るんです？」かかしは訊いた。

「道の埃で汚れた顔を洗うのに要るし、乾いたパンがのどにつっかえないように飲まなきゃいけないのよ」

「生身の体って、面倒くさいんですねえ」かかしは考え込むように言った。「眠って、食べて、飲まなくちゃいけないんだから。でもあなたがたには脳味噌がある。ちゃんと考えられるんだから、まあそれくらいの厄介はね」

　山小屋を去って、木立を抜けていくと、やがて、澄んだ水のわいている小さな泉に出た。ドロシーはその水を飲んで、顔を洗い、朝ごはんを食べた。バスケットを見ると、パンはもうあまり残っていなかった。今日一日、自分とトトの分もやっとだったので、かかしが何も食べなくてよかったとドロシーは思った。

食べおえて、黄色いレンガの道に戻ろうとしたところで、深いうめき声がそばから聞こえ、ドロシーはギョッとした。

「いまのなぁに？」ドロシーはおずおずと訊いた。

「わかりませんねえ」かかしは答えた。「とにかく行ってみましょう」

するともう一度、うめき声が耳に届いた。どうやらその音は、彼らのうしろから出ているらしかった。回れ右して、森のほうへ入っていくと、木もれ日をあびて、何かがきらきら光っているのが見えた。ドロシーはそっちへかけていったが、まもなくアッとさけんで立ちどまった。

大きな木の一本が伐りかけになっていて、そのかたわらに、両手で斧を持ちあげた、全身ブリキでできた男が立っていた。頭も腕も脚も、みな胴に接ぎあわされているが、まるっきり動けないのか、身じろぎもせず立っている。

ドロシーもかかしも、目を丸くして男を見た。トトはキャンキャン吠えて、ブリキの両脚に嚙みついたが、歯が痛い思いをしただけだった。

「うめいたの、あなた？」ドロシーは訊いた。

「はい、わたしです」ブリキの男は言った。「もう一年以上前からうめいてたんですけど、いままで誰一人聞いてくれなかったし、助けにもきてくれなかったんです」

「どうしてあげればいいの？」男の悲しげな声に心を動かされて、ドロシーは優しく訊いた。

「油さしをとってきて、わたしの関節に油をさしてください」男は答えた。「ひどく錆びついてしまって、ぜんぜん動かせないんです。油さえちゃんとさせば、すぐまた元どおりになります。油さしはわたしの山小屋の棚にあります」

ドロシーはさっそく山小屋にかけ戻り、油さしを持って帰ってきて、心ぼそげに「関節ってどこ?」と訊いた。

「まず、首にさしてください」ブリキの木こりは答えた。そこでドロシーが油をさしてやると、何しろひどく錆びついていたものだから、かかしがその首を持って、左右にゆっくり回してやらないといけなかった。そのうちやっと滑らかに動くようになって、木こりがじぶんで回せるようになった。

「次は、腕の関節にさしてください」木こりは言った。ドロシーが油をさし、かかしがそうっと曲げてやると、やがてすっかり錆も落ちて、新品同様になった。

ブリキの木こりは満足のため息を漏らし、斧を下ろして木に立てかけた。

「おかげさまで、楽になりました」木こりは言った。「錆びてしまって以来、この斧ずうっと振りあげてたもので、やっと下ろせてほんとうにうれしいです。あとは脚の関節にさしてくだされば、もうすっかり元どおりになります」

そこで脚に油をさしてやると、木こりは自在に動けるようになって、助けてもらった礼を何度も何度も言った。とても礼儀正しい木こりなのか、心底感謝しているようだった。

「みなさんが通りかからなかったら、いつまでも立っていたかもしれません」と木こりは言った。「あなたがたは命の恩人です。みなさん、どうしてここにいらしたんですか？」

「あたしたち、エメラルドの街に行くの、偉大なるオズに会いに」ドロシーは答えた。

「で、あなたの山小屋で夜を明かしたの」

「どうしてオズに会いたいんです？」

「あたしはカンザスに送りかえしてもらいたいの。そしてかかしは、頭に脳味噌を入れてもらいたいの」

ブリキの木こりは、しばしじっくり考えているように見えた。それからこう言った。

「そのオズって方、わたしに心臓をくださいますかね？」

「うーん、くれるんじゃないかしら」ドロシーは答えた。「かかしに脳味噌をあげるのと、おんなじようなものよね」

「そうですよね」ブリキの木こりも言った。「では、おじゃまでなかったら、わたしもオズにお願いしに、エメラルドの街までお供させてください」

「ぜひいらっしゃい」かかしはあたたかく言った。あたしも歓迎だとドロシーも言った。かくしてブリキの木こりが斧を肩にかつぎ、みんなで森を抜けていって、やがて黄色いレンガの道に出た。

出かけるにあたって、ブリキの木こりは、油さしもバスケットに入れてくれとドロシーに頼んでおいた。「まんいち雨に降られて、また錆びちまったら、ぜったい要りますからね」

この新しい仲間が加わったのは幸いだった。というのも、出発してまもなく、木々がうっそうと茂って道をすっかりふさいでしまっている場所に出たのである。ブリキの木こりが斧を手に仕事にかかり、てきぱき伐りすすんでいって、みんなが通れる道がまもなくでき上がった。

歩きながら、ドロシーは考えごとに夢中になっていたので、かかしが穴にはまって道端に転がったのにも気がつかなかった。助けてください、とかかしは声を上げて頼まないといけなかった。

「どうして穴をよけて通らなかったんです？」ブリキの木こりはたずねた。

「わたし、知恵がないんです」かかしは陽気に答えた。「頭にわらが詰まってるもんですから。だからオズのところへ行って、脳味噌をお願いしようと思うんです」

「あ、なるほど」ブリキの木こりは言った。「ただ、そうは言っても、脳味噌って世界で一番いいものってわけじゃありませんよ」

「あなた、脳味噌あるんですか?」かかしは訊いた。

「いいえ、わたしの頭はまるっきりからっぽです」木こりは答えた。「でも前は脳味噌があったし、心臓もありました。で、両方ためしてみて、心臓のほうがずっといいと思いますね」

「それはどうして?」かかしが訊いた。

「わたしの身の上ばなしをお聞かせします、そうすればおわかりになります」

というわけで、みんなで森のなかを歩きながら、ブリキの木こりの話を聞いた。

「わたしは木こりの息子に生まれまして、父親は毎日森で木を伐り、それを売って暮らしておりました。わたしも大人になるとやはり木こりになって、父が亡くなると、老いた母の世話もわたしがやりました。母が亡くなると、さみしい思いをしないよう、わたしは結婚することにしました。

マンチキンに一人、それはそれは美しい娘がいて、わたしはじきに、心の底からその娘を愛するようになりました。そして娘も、わたしがしっかり稼いで立派な家を建てられるようになったら結婚する、と約束してくれました。そこでわたしはますます仕事に精を出しました。ところが娘は、年老いた女と二人で暮らしていて、この女がひどい怠け者で、娘をずっとそばに置いて料理や家事をやらせるつもりでいたので、だれとも結婚させせない気でした。そこで女は、東の国の悪い魔女のところに行って、結婚をやめさせてくれたら羊二頭と牛一頭をあげると約束しました。それで魔女は、わたしの斧に魔法をかけまして、ある日わたしが一生懸命木を伐っていると――何しろ早く新居を建てて娘といっしょになりたかったですからね――斧がいきなりするっと手から滑り出て、わたしの左脚を切り落としたんです。

片脚では木を上手く伐れませんから、これはとんだ災難だ、とまずは思いました。それでブリキ屋のところに行って、ブリキで新しい脚をつくってもらいました。いったん慣れてしまえば、脚は完璧でした。けれどおかげで、東の国の悪い魔女の怒りを買いまして。何しろあちらは、わたしを可愛いマンチキンの娘と結婚させない、と老いた女に約束したんですからね。ふたたび木を伐りはじめると、斧がまたするっと滑って、右脚を切り落としてしまいました。わたしはまたブリキ屋に行って、もう一度ブリキの脚をつくってもらいました。次は腕が一本、また一本、魔法のかかった斧に切り落とされてしまいました。それでもわたしはひるまず、どちらもブリキの腕につけかえました。すると悪い魔女はまたも斧を滑らせ、今度はわたしの頭が切り落とされてしまいました。わたしとしても、さすがに一巻の終わりだと思いましたよ。でもたまたまブリキ屋が通りかかって、ブリキで新しい頭をつくってくれたんです。

これで悪い魔女に勝ったと思って、ますます仕事に励みました。けれど、敵がどれだけ残酷か、わたしにはわかっていませんでした。美しいマンチキンの乙女への愛情をなくしてしまう手段を魔女は思いついて、またしても斧を滑らせました。斧はわたしの体にぐさっと食い込んで、胴がまっぷたつに割れてしまいました。またもブリキ屋が助けにきて、ブリキの胴をつくってくれて、腕と脚と頭も、関節を使って胴に接ぎあわせてくれました。おかげでわたしは、いままでと変わらず動きまわることができました。ところが、ああ！　わたしにはもはや心臓がありません。だから、マンチキンの娘への愛情はすっかり失せて、娘と結婚しようがしまいが、どうでもよくなってしまったんです。きっと娘は、いまだにあの老いた女とくらしていて、わたしが迎えにくるのを待っていると思うんです。

わたしの体は陽をあびてピカピカに輝き、ものすごく誇らしい気分でした。もう斧が滑っても平気です。切れやしませんからね。危険はたったひとつ、関節が錆びつくことでした。でも山小屋に油さしを常備しておいて、必要に応じてかならず油をさすよう気をつけていました。ところがある日、うっかり忘れてしまって、嵐に遭いました。危ないと思う間もなく、関節は錆びてしまい、森のなかで一人立ちつくす破目になって、あなたがたが助けにきてくださるまでそうしていたわけです。一年間、それは辛い日々でしたよ。でもあそこにずっとつっ立っていると、じっくり考える暇はいくらでもありました。それでわかったんです、なくしていちばん辛いのは心臓だと。恋しているあいだ、わたしはこの世で誰よりしあわせ者でした。でも心がない人間は愛せやしません。だからここはぜひ、オズに心臓をもらいに行こうと思うんです。もらったら、マンチキンの乙女のところに戻って、彼女と結婚しますよ」

ドロシーもかかしも、ブリキの木こりの話に夢中で聞きいり、なぜ木こりがそんなに新しい心臓を欲しがるのかもすっかり納得した。

「でもやっぱり」かかしは言った。「わたしは心臓じゃなくて脳味噌をお願いすることにしますよ。馬鹿じゃあ、心があったって、どう使ったらいいかわかりませんからね」

「わたしは心臓ですね」ブリキの木こりが答えた。「脳味噌じゃ人はしあわせになりません。しあわせこそ、この世でいちばんいいものですからね」

どっちが正しいのかよくわからなかったので、ドロシーは何も言わなかった。結局、カンザスのエムおばさんのもとに帰れさえすれば、木こりに脳味噌がなくてかかしに心臓がなかろうが、それぞれが欲しいものを手に入れようが、まあどっちでもいいやと思った。

何より心配なのは、パンがもうほとんど残っていないことだった。自分とトトでもう一食食べたら、バスケットは空になってしまう。たしかに木こりもかかしもぜんぜん食べないけれど、ドロシーはブリキやわらでできてはいない。食べなければ生きていけないのだ。

6 弱虫のライオン

木こりが話しているあいだずっと、ドロシーたちは鬱蒼とした森を歩いていた。道には相変わらず黄色いレンガが敷いてあったけれど、落葉や枯枝にびっしり覆われていて、歩きにくいったらなかった。

森もこのあたりまで来ると、鳥はほとんどいない。鳥というのは、広々とひらけて陽ざしがたっぷりそそぐところが好きなのだ。代わりに時おり、木々のなかに隠れた、何か野生の生き物の太いうなり声が聞こえてきた。何の声だかわからないので、ドロシーは胸がドキドキしてしまった。でもトトにはそれが何なのかわかって、ドロシーにぴったりくっつき、吠えかえしもしなかった。

「あとどれくらいで、森から出られるのかしら?」ドロシーはブリキの木こりに訊いた。

「わかりませんねえ」答えが返ってきた。「わたし、エメラルドの街に行ったことないので。ただ父親は、わたしが小さいころ一度行ったことがありまして、オズの住む街へ近づくと景色もきれいなんだそうですが、ぜんたい、危険なところを通る長い旅だと言ってました。でもわたしは、油さしさえあれば怖くありませんし、かかしは何があっても痛くない。そしてあなたにはおでこに、よい魔女のキスのあとがあるから、悪いことから護ってもらえるはずです」

「でもトトが！」ドロシーは心配そうに言った。「トトは何が護ってくれるの？」

「トトが危ないことになったら、わたしたちが護ってあげなくちゃいけません」ブリキの木こりが答えた。

　そのとたん、木々のなかから恐ろしい吠え声が聞こえて、次の瞬間、大きなライオンが道に躍り出た。そして前足をひと振りしてかかしをたたくと、かかしはくるくる回って道ばたまで飛んでいった。ライオンは次に、鋭い爪を立ててブリキの木こりにおそいかかった。ところが、木こりは倒れて道の上に大の字になりはしたものの、ブリキには何のあとも残らなかったので、ライオンは驚いてしまった。

　いざ目の前に敵があらわれると、トトは小さいながらもワンワン吠えながらライオンめがけてかけていった。大きな相手が犬を噛もうと口を開けると、トトが殺されてしまう、とドロシーは危険もかえりみず飛びだして、ライオンの鼻を思いきりひっぱたき、こうさけんだ。

「トトを噛んだら承知しないわよ！　恥を知りなさい、大きな野獣のくせに、ちっちゃな犬を噛むなんて！」

「噛んでませんよぉ」ライオンはドロシーにひっぱたかれた鼻を前足でさすりながら

言った。

「だけど噛もうとしたでしょ。あんたはなりばかり大きな弱虫よ」

「わかってます」ライオンはうなだれて言った。「ずっと前からわかってるんです。でもどうやったら直せるっていうんです？」

「そんなの知らないわよ。まったく、かかしのような、わらの詰まった人をぶつなんて！」

「この人、わらが詰まってるんですか？」ライオンはびっくりして言い、ドロシーがかかしに手を貸して立たせながら、その体をぽんぽんたたいて元の形に戻してやるのを見守った。

「決まってるでしょ」ドロシーはまだプンプン怒ったまま言った。

「だからあんなにあっさり飛んでったんですね」ライオンは言った。「くるくる回るんで、仰天しちゃいましたよ。あっちの人も、やっぱりわらが詰まってるんですか？」

「こっちはブリキでできてるのよ」ドロシーは言って、木こりも起こしてやった。

「だから爪があやうく欠けるところだったんですね」ライオンは言った。「引っかいたら、背筋がぞっと冷たくなりましたよ。そっちの、あなたがすごく優しくしてやってる生き物、そいつは何なんです？」

「あたしの犬のトトよ」ドロシーは答えた。

「やっぱりブリキでできてるんですか、それともわらが詰まってる？」

「どっちでもないわ。ええと――ええと――生身の犬よ」

「へえ！　けったいな生き物ですねえ。あらためて見ると、ものすごく小さいですよね。わたしみたいな弱虫でないかぎり、こいつを噛もうなんて思いませんよね」ライオンは悲しそうに言った。

「あなた、どうして弱虫なの？」ドロシーは言い、目を丸くして大きな野獣を見た。なにしろ小ぶりの馬くらい大きいのだ。

「それが、謎なんです」ライオンは答えた。「たぶん生まれつきなんでしょうね。森じゅうの生き物がみんな、わたしのこと勇敢だと決めてかかるんです。ライオンはどこでも百獣の王と思われてますからね。とにかくこっちがすごく大きな声で吠えれば、みんな怯えて寄りつかないんです。人間に出くわすたび、いつもものすごく怖かったんですけど、とにかくガオーと吠えると、決まって一目散に逃げていきました。もしも象とか虎とか熊とかが向かってきたら、こっちが逃げだしたでしょうよ。わたし、ほんとに弱虫なんです。でもみんな、わたしが吠えるのを聞いたとたん逃げようとするし、もちろんわたしも止めやしません」

「でもそんなの駄目ですよ。百獣の王が弱虫だなんて」かかしが言った。

「わかってます」ライオンは答え、目に浮かんだ涙を、しっぽの先で拭った。「わたしだって、そりゃものすごく辛いんです。でも、怖いことがあるたび、胸がドキドキ鳴ってしまうんです」

「心臓が悪いんじゃないですかね」ブリキの木こりが言った。

「かもしれません」ライオンは言った。

「だとしたら、よろこぶべきですよ」ブリキの木こりはさらに言った。「あなたには心があるってことですから。わたしなんか、心がないんですよ。だから心臓が悪くもなりません」

「ということは」ライオンは考えながら言った。「もしもわたしに心臓がなければ、弱虫にもならないってことですかね」

「あなた、脳味噌はあるんですか？」かかしが訊いた。

「と、思いますよ。見てみたことないけど」

「わたしね、偉大なるオズのところへ、脳味噌をくださいって頼みに行くんです」かかしは言った。「わたしの頭、わらが詰まってるんです」

「わたしは心臓をくださいと頼むんです」木こりが言った。

「あたしはトトとあたしをカンザスへ送りかえしてくださいって頼むの」ドロシーも言った。

「オズって、わたしに勇気をくれますかね？」弱虫のライオンは訊いた。

「わけありませんよ、わたしに脳味噌をくれるのと同じです」かかしが言った。

「わたしに心臓をくれるのと同じです」と木こり。

「あたしをカンザスへ送りかえすのと同じよ」とドロシー。

「じゃあ、よかったらわたしもお供させてください」ライオンは言った。「少しは勇気がないと、生きていくの、耐えられませんから」

「大歓迎よ」ドロシーは答えた。「あなたがいれば、ほかの野獣も寄りつかないし。そんなにあっさり怯えるってことは、きっとみんな、あなたよりもっと弱虫なのね」

「ほんと、そうなんです」ライオンは言った。「けど、だからってわたしが勇敢だってことにはなりません。じぶんが弱虫だとわかってるかぎり、辛い気持ちは消えませんせん」

　というわけでまた仲間がふえて、ライオンがドロシーのかたわらを堂々と歩き、一行は旅に出発した。大きなあごにもう少しでつぶされるところだったことを忘れられなかったので、トトははじめ、新入りをこころよく思わなかったが、しばらくするとだんだん気にしなくなった。じきにトトと弱虫のライオンは、大の仲よしになった。

　その日はもう、旅ののどかさを破るような出来事は何も起こらなかった。途中で、道を這っていたカブトムシをブリキの木こりが踏んづけて、死なせてしまった。おかげで木こりはすっかり落ちこんだ。どんな生き物も傷つけないよう、いつもものすごく気をつけていたのである。歩きながら、木こりは悲しみと後悔の涙を流した。それがゆっくり顔をつたって、あごの関節までとどいて、錆びさせてしまった。やがてドロシーが木こりに何か訊くと、あごがすっかり錆びついて、開かなくなってしまっていた。木こりはすっかり怯え、助けをもとめてドロシーに向かっていろんなしぐさをしてみせたが、ドロシーにはなんのことかわからなかった。ライオンもいったいどうなっているのかと首をひねった。けれどかかしが、ドロシーのバスケットからすかさず油さしをとり出し、あごに油をさしてやったので、じきまたしゃべれるようになった。

「いい勉強になりましたよ」木こりは言った。「足もとはしっかり見なくちゃね。これでまたカブトムシか何か死なせたら、きっとまた泣いてしまって、泣いたらあごが錆びて、しゃべれなくなりますからね」

それからというもの、木こりは目を地面から離さず、ものすごく用心ぶかく歩くようになった。ちっぽけなアリがえっちらおっちら歩いているのを見ると、危害を加えぬよう、またいで歩いた。自分に心がないことを承知していたから、何に対しても残酷だったり不親切だったりしないよう、すごく気をつけていた。

「あなたたちには心があるから、心が導いてくれる」木こりは言った。「だから、悪い行いをしたりすることもない。でもわたしには心がないから、すごく用心しなくちゃいけません。オズが心をくれたら、そこまで気にしなくてもよくなるんです」

7　偉大なるオズに会いに

あたりには家が一軒もなかったので、その夜は、森のなかの大きな木の下で野宿することにした。木がぶあつい覆いになって夜露から護ってくれるし、ブリキの木こりが木をたくさん伐ってくれてドロシーが盛大に火をおこしたので、おかげで体はあたたまり、さみしい気持ちもうすれていった。トトと一緒にパンの残りを食べてしまうと、これでもう明日の朝ごはんの当てはなくなった。

「よかったらわたし、森へ行って鹿をしとめてきますよ」ライオンが言った。「あなたがたときたら味覚がすごく変わっていて、火を通した食べ物がお好みのようですから、たき火で焼けばいい。なかなか立派な朝ごはんになりますよ」

「やめてください！　お願いですから」とブリキの木こりが頼みこんだ。「かわいそうな鹿が殺されたりしたら、わたしきっとさめざめと泣いて、またあごが錆びちまいます」

だがとにかくライオンは森へ入っていって、自分の夕食を調達した。何も言わなかったので、ライオンが何を食べたのか、みんなにはわからなかった。かかしは実がいっぱい生っている木を見つけて、ドロシーのバスケットに入れてやった。これでドロシーも当分お腹が空かずにすみそうだった。かかしのことを、優しくて思いやりがあるとドロシーは思ったが、木の実を摘むやり方がひどく不器用なものだから、ついげらげら笑ってしまった。詰めものをした手はなんともぎこちなく、木の実はすごく小さいので、バスケットに入るのとほぼ同じくらいの数が地面に落ちてしまう。けれどかかしは、バスケットをいっぱいにするのにどれだけ時間がかかろうと、ぜんぜん気にしなかった。こうやっていたほうが、たき火から離れていられるのだ。火花がわらに飛んできて、体が燃え上がってしまうのをかかしは心配していた。だから炎からたっぷり距離をとっていた。ただ一度そばに寄ってきたのは、ドロシーが眠ろうと横になったときに、乾いた落葉をかけに来てくれたときだけだった。おかげでドロシーはとても心地よく、あたたかくなって、朝までぐっすり眠った。

夜があけると、ドロシーは小川のせせらぎで顔を洗い、まもなくみんなでエメラルドの街に向けて出発した。

その日は旅人たちにとって、波瀾万丈の一日だった。一時間も歩かないうちに、目の前に大きな裂け目が見えた。この裂け目が道と交差していて、右も左も、見わたすかぎり森を二つに分けている。すごく幅の広い裂け目で、淵まで行って恐るおそる覗いてみると、深さもすごいことがわかった。底には大きなぎざぎざの岩がたくさんあった。裂け目はすごく険しく、誰も降りていけそうになかったので、少しのあいだ、旅もこれでおしまいかと思えた。

「どうしましょう?」ドロシーが絶望して言った。

「さっぱりわかりませんねえ」ブリキの木こりが言い、ライオンはぼさぼさのたてがみを振って考え深げな顔をした。

かかしが言った。「わたしたち、空は飛べない。これは間違いありません。そしてこんなに深い裂け目に降りていくこともできない。だから、これを飛びこせないなら、ここで止まるしかありません」

「わたし、飛びこせるんじゃないかな」弱虫のライオンが、距離をじっくり、頭のなかで測りながら言った。

「じゃあ大丈夫」かかしが答えた。「あなたがわたしたちを、一人ずつ背中に乗せて運んでくれればいい」

「うん、やってみますよ」ライオンが言った。「誰から行きます?」

「わたしから」かかしが宣言した。「万一飛びこせずに落ちたら、ドロシーは死んじゃうでしょうし、ブリキの木こりもきっと、下の岩にぶつかって体じゅう凹(へこ)んじまいます。でもわたしなら大したことありません。落ちたって、ぜんぜん痛くないですからね」

「わたしもね、落ちるのはすごく怖いんです」弱虫のライオンは言った。「でもまあやってみるしかありませんよね。では背中にお乗りください。飛んでみます」

かかしがライオンの背に乗ると、ライオンは深い裂け目の淵まで歩いていって、しゃがみ込んだ。

「どうして走って勢いをつけないんです？」かかしが訊いた。

「ライオンはね、そういうふうにはやらないんです」ライオンは答えた。それからパッと跳ね上がって、空中を飛んでいき、ぶじ向こう側に降りたった。ライオンがこともなくやってのけたので、みんな大喜びだった。かかしが背から降りると、ライオンはふたたび裂け目を越えて戻ってきた。

次は自分が行くことにして、ドロシーはトトを抱きかかえてライオンの背中によじのぼり、片手でたてがみにしがみついた。次の瞬間、空中を飛んでいるように思えたが、そのことを考える間もなく、もう向こう側に着いていた。ライオンはまた戻っていって、ブリキの木こりを連れてきた。ライオンを休ませようと、みんなでしばらく座りこんだ。大きくジャンプしたせいでライオンは息切れしていて、長いこと走りすぎた大きな犬みたいにぜいぜい言っていたのである。

こっち側の森はひどく鬱蒼（うっそう）としていて、暗く、陰気に見えた。ライオンがじゅうぶん休むと、黄色いレンガの道をみんなで歩きはじめた。誰もが心中ひそかに、ほんとうにこの森の果てまで行けるんだろうか、あかるい太陽をもう一度拝めるんだろうか、と考えていた。さらに落ち着かないことに、じきに森の奥から、奇妙な音が聞こえてきた。と、ライオンがひそひそ声で、このあたりにはカリダーが棲んでいるんです、とささやいた。

「カリダーってなあに？」ドロシーが訊いた。

「熊みたいな体で、虎みたいな頭をした恐ろしい獣です」ライオンが答えた。「爪はすごく長くてとんがっていて、わたしなんかあっさり真っ二つに引き裂かれちまいます。わたしがトトを殺すのと同じくらいわけなく。わたし、カリダーがすごく怖くて」

「それは無理ないわ」ドロシーが答えた。「きっと、すごく恐ろしい獣なのね」

ライオンが答えようとしたところで、突然また、道と交差しているもうひとつの裂け目の前に出た。ただし今度のはあまりに広いし深いので、自分には飛びこせないことがライオンには一目でわかった。

そこで彼らは座りこんで策を練った。しばらく真剣に考えた末に、かかしが言った。

「そこの、裂け目のすぐそばに、大きな木が立っています。ブリキの木こりがあれを伐ってくれたら、向こう側に倒れて、みんな簡単に渡れるんじゃないでしょうか」

「そいつは名案だ」ライオンが言った。「あなたの頭のなか、わらじゃなくて脳味噌が入ってるんじゃないかって疑いたくなりますよ」

木こりがさっそく仕事にかかると、斧がたいへんよく切れるので、たちまち木は倒れる寸前まで行った。ライオンが前足をがっしり木に当て、力いっぱい押すと、大きな木はゆっくり傾き、どさっと音を立てて倒れ、てっぺんが向こう側に落ちた。

　この風変わりな橋を渡りはじめたところで、鋭いうなり声がしたので顔を上げると、熊のような体で虎のような頭の大きな獣が二頭、こっちへ走ってくるのが見えた。みんなはぞっとした。

「カリダーだ！」弱虫のライオンは言って、ぶるぶるふるえ出した。

「早く！」かかしがさけんだ。「渡りましょう」

　そこでまずドロシーがトトを抱きかかえて渡った。次にブリキの木こりが行き、かかしがあとにつづいた。ライオンは、むろんすごく怖かったけれど、カリダーたちのほうを向いて、ガオーとおそろしい吠え声を轟かせたので、ドロシーは悲鳴を上げ、かかしはうしろにばったり倒れ、獰猛な獣たちもぴたっと立ちどまり、おどろいた顔でライオンを見た。

　けれどカリダーたちは、自分たちのほうがライオンより大きいのを見てとり、それにこっちは二頭で向こうは一頭だけなのを思い出して、ふたたび勢いよく走りだし、ライオンは木の橋を渡って、相手がどうするかとふり返ってみた。一瞬も止まらずに獰猛な獣たちが木の橋を渡りだしたので、ライオンはドロシーに言った。

「もうおしまいです、わたしたち、あの尖った爪で八つ裂きにされちまいます。でもわたしのうしろに回ってください、命があるかぎり戦いますから」

「ちょっと待て！」かかしが言った。さっきから策を考えていたかかしは、木こりに向かって、こっち側に倒れている木の端を伐り落としてくれと頼んだ。ブリキの木こりはすぐさま斧をふるいはじめ、二頭のカリダーがもう少しで渡ってくるというところで木はどしんと裂け目に落ち、うなり声を立てているおぞましい野獣たちも道連れにしていった。二頭とも底にある尖った岩に激突して、体がバラバラに飛び散った。

「やれやれ」弱虫のライオンはふうっと大きく息をつきながら言った。「どうやらわたしたち、もうしばらく生きられるみたいですね。よかったですよ、だって生きてないってのはすごく居心地悪いことにちがいありませんからね。あの獣たちにさんざんおどかされて、わたし、心臓がまだドキドキしてますよ」

「いいなあ」ブリキの木こりが悲しそうに言った。「わたしにもドキドキする心臓があったらなあ」

この冒険のせいで、旅人たちはますます森から出たくなった。それですごく急いで歩いたものだからドロシーはくたびれてしまい、ライオンの背中に乗せてもらった。うれしいことに、進むにつれて木々がまばらになってきて、午後になって突然、広々とした川の前に出た。彼らの目の前で川は勢いよく流れ、向こう岸で、黄色いレンガ道が美しい景色を貫いているのが見えた。緑の草地にはあざやかな色の花が咲きみだれ、道の両側にはずっと、美味しそうな果物がたわわに生った木が並んでいた。きれいな場所が目の前に広がったので、みんな大よろこびだった。

「どうやって川を渡るの？」ドロシーが訊いた。

「わけありません」かかしが答えた。「ブリキの木こりにいかだをつくってもらって、向こう岸までプカプカ行くんです」

というわけで木こりが斧をふるい、小さい木々を伐り倒していかだをつくりはじめた。その間かかしが、川辺に一本、立派な果物がたくさん生っている木を見つけた。一日じゅう木の実しか食べていなかったので、ドロシーは大よろこびで、熟した果物をお腹いっぱいつめこんだ。

けれど、いくらブリキの木こりが働き者で、疲れを知らなくとも、いかだをつくるには時間がかかる。日が暮れても、仕事はまだ終わっていなかった。そこで彼らは、木の下に心地よい場所を見つけて、朝までぐっすり眠った。ドロシーはエメラルドの街と、よい魔法使いオズの夢を見た。もうじきオズが、彼女を故郷に送りかえしてくれるのだ。

8　命とりのケシ畑

翌朝われらが一行は、気分もさわやか、希望を胸に目をさました。ドロシーは、お姫さまみたいに、川辺の木から桃やプラムをもいで朝ごはんにした。彼らの背後には、いくつもの困難に遭ったもののぶじ通りぬけてきた暗い森があった。けれど行く手には、美しい、陽のあたる、彼らをエメラルドの街に手招きしているみたいに見える野が広がっていた。

美しい土地の手前には、まだ大きな川が広がっていたけれど、いかだはもうほぼでき上がっていた。ブリキの木こりが丸太をさらに何本か伐って、木の棒でつなぐと、出発の準備はととのった。ドロシーはいかだのまんなかに座って、トトを両腕に抱いた。弱虫のライオンが乗りこむと、何しろ大きくて重いので、いかだはがくんと傾いたが、かかしとブリキの木こりが反対側に立って、つりあいをとった。かかしとブリキの木こりは手に長いさおを持ち、いかだを川に押しだした。

はじめはスイスイ進んでいったが、川のまんなかまで来ると、流れが速いせいで下流に流されて、黄色いレンガの道からどんどん遠ざかってしまった。水もすごく深くなって、長いさおをもってしても底に届かなかった。

「こりゃいかん」ブリキの木こりは言った。「早く岸に着かないと、西の悪い魔女の国まで流されてしまう。そうしたら魔法をかけられて、奴隷にされてしまう」

「そうしたらわたし、脳みそをもらえなくなる」かかしが言った。

「わたしは勇気をもらえなくなる」弱虫のライオンが言った。

「わたしは心臓がもらえなくなる」ブリキの木こりが言った。

「あたしはカンザスに帰れなくなるわ」ドロシーが言った。

「何としてもエメラルドの街に着かないと」かかしはさらに言い、長いさおをぐいっと力いっぱい押したので、川底の泥にさおがひっかかってしまい、ひっぱり出す間も手放す間もなくいかだは先へ流されていき、哀れかかしは、さおにしがみついたまま川のまんなかに取りのこされた。

「さようなら！」かかしはみんなに向かってさけんだ。彼をあとに残していくのは、みんなとしてもひどく悲しかった。じっさい、ブリキの木こりはしくしく泣きだしたが、錆びてしまうかもしれないと思いおこし、ドロシーのエプロンで涙を拭いた。

もちろんこれは、かかしにとっては大きな災難である。

「ドロシーに会ったときより、もっとひどいことになったなあ」と、かかしは思った。「あのときはトウモロコシ畑でさおに刺さっていて、少なくともカラスたちをおどかすふりはできた。だけど、川のまんなかでさおに刺さったかかしなんて、なんの役にもたちやしない。けっきょく、脳味噌ももらえずじまいなのかなあ！」

いかだはプカプカと川を下っていき、哀れかかしは、はるか遠くにひとり残された。

やがてライオンが言った。

「なんとかしないと、わたしたちもたいへんです。わたし、岸辺までいかだを引っぱって泳いでいけると思います。わたしのしっぽの先に、しっかりつかまってください」

そこでライオンが川に飛びこみ、ブリキの木こりがしっぽにしっかりつかまると、ライオンは岸に向かって全力で泳ぎだした。巨体のライオンでもこれは大仕事だったが、少しずつ流れから抜け出ていった。ドロシーも、ブリキの木こりの長いさおを手にとり、いかだを岸に押すのを手伝った。

もうみんなくたくたで、やっとのことで岸に着き、きれいな緑の芝に降り立ったが、流されたせいで、エメラルドの街に通じる黄色いレンガの道より、ずっと下流に来てしまったこともわかった。

「次はどうしよう？」ブリキの木こりが、ライオンがひなたに横たわって体を乾かすかたわらで言った。

「何とかして道に戻らないと」ドロシーが言った。

「一番いいのは、川の土手ぞいにずっと、道に出るまで歩いていくことですね」ライオンが言った。

というわけで、ひと休みしたあと、ドロシーはバスケットを手にとり、みんなで草ぶかい土手を黄色いレンガ道のほうへ歩きだした。そこはとてもきれいなところで、花が咲きみだれ、果物の木々が生えて、陽もさんさんと輝いて、みんなの気持ちをあかるくしてくれた。これでかかしを気の毒に思っていなかったら、きっとすごく楽しい気分だっただろう。

みんな精いっぱい速く歩き、ドロシーも一度立ちどまってきれいな花をつんだだけだった。やがて、ブリキの木こりが叫んだ。「あれ見て！」

みんなで川のほうを見てみると、かかしが川のまんなかでさおに刺さっていて、ひどくさみしそうに、悲しそうにしていた。

「どうやったら助けてあげられるかしら？」ドロシーが言った。

ライオンも木こりも、わからない、と首を横に振った。みんな川べりに座って、切ない思いでかかしを見ていると、じきにコウノトリが通りかかって、彼らを見かけ、ひと休みしようと水ぎわに降りてきた。

「あんたたち誰、どこ行くの？」コウノトリが訊いた。

「あたしはドロシー。この人たちはあたしの友だちの、ブリキの木こりと弱虫のライオンです。みんなでエメラルドの街に行くの」

「この道はちがうよ」コウノトリは細長い首をねじり、きっと怖い目でへんてこな一行を見ながら言った。

「知ってます」ドロシーは答えた。「かかしと離ればなれになってしまって、どうしたら連れもどせるか考えてるの」

「どこにいるんだい？」コウノトリが訊いた。

「あそこの川のなか」ドロシーが答えた。

「そんなに大きくなくて重くなかったら、あたしが運んできたげるよ」コウノトリは言った。

「ぜんぜん重くないわ」ドロシーは目を輝かせて言った。「わらが詰まってるだけだもの。ここまで連れてきてくださったら、すごくすごくありがたいんですけど」

「ま、やってみるよ」コウノトリは言った。「でも重すぎて運べなかったら、また川に落とすからね」

こうしてコウノトリは、その大きな体を宙に舞いあがらせ、川の上を飛んでいって、かかしがさおに刺さっているところまで来た。そうして、大きなつめでかかしの腕をつかみ、宙に持ちあげ、ドロシーとライオンとブリキの木こりとトトの待つ土手まで運んできてくれた。

仲間のもとに戻ってこられて、かかしは大よろこびで、ひとりずつ――ライオンやトトまで――ぎゅっと抱きしめた。みんなで歩く最中ものすごく上機嫌で、一歩進むごとに「トルーデーリーデーオー！」とうたった。

「あの川に、永久にいなきゃいけないかと思いましたよ」かかしは言った。「でも親切なコウノトリが助けてくれたんです。もし脳味噌を手に入れたら、あのコウノトリを探し出して何か恩返ししないとね」

「いいんだよ」と、彼らと並んで飛んでいたコウノトリが言った。「困ってる人を助けるのはいつだってうれしいものさ。でもあたしはもう行かなくちゃ。赤ちゃんたちが巣で待ってるからね。あんたたち、エメラルドの街に着いてオズに助けてもらえるといいね」

「ありがとう」ドロシーが答えると、親切なコウノトリは宙に舞いあがって、じきに見えなくなった。

あざやかな色の鳥たちの歌を聴き、きれいな花を眺めながら彼らは歩いていった。花はどんどん密になっていって、いまではもう地面をじゅうたんのように埋めつくしていた。黄色、白、青、紫の大きな花があって、紅（くれない）のケシの花のかたまりがあちこちにあった。あまりにあざやかな色に、ドロシーは目がくらくらしてきた。

「きれいねえ」花のぴりっとした香りを吸いこみながら、ドロシーは言った。

「そうなんでしょうね」かかしが答えた。「わたしも脳味噌もらったら、きっと好きになりますよ」

「わたしも心臓さえあったら大好きになりますよ」ブリキの木こりも言った。

「わたし、花は昔から好きです」ライオンが言った。「すごく弱そうで、頼りなさそうだから。でも森のどこを見ても、こんなにあざやかな花はありませんねえ」

大きな紅のケシの花はますます増えてきて、ほかの花はだんだん減っていった。じきに彼らは、大きなケシ畑のまっただなかに出た。よく知られているとおり、ケシの花がたくさん集まっているとその香りはものすごく強く、吸いこんだ人はみんな眠ってしまい、花の匂いがしないところまで運んでもらわないかぎり、永遠に眠りつづける。けれどドロシーはそのことを知らなかったし、何しろ花はそこらじゅうにあるので、あざやかな紅の花から逃れようもなかった。かくしてドロシーは、まもなく瞼が重くなってきて、座って休んでひと眠りしたくなった。

けれどブリキの木こりが、そうはさせまいとした。

「日が暮れる前に、何とか黄色いレンガの道に戻らないと」木こりは言った。かかしも賛成したので、みんなはそのまま歩きつづけた。が、ドロシーはとうとう、立っていることもできなくなった。閉じまいと思っても目は閉じてしまい、ここがどこなのかも忘れて、ケシの花に埋もれてぐっすり寝入ってしまった。

「どうしましょう？」ブリキの木こりが言った。

「ここに置いてったら死んでしまいます」ライオンが言った。「このままではわたしたちも、花の匂いにやられてしまいます。わたしもほとんど目を開けていられませんし、犬はもう眠っています」

そのとおり、トトは小さな女主人の横に倒れてしまっていた。でもかかしとブリキの木こりは、血と肉でできていないので、花の匂いにまどわされなかった。

「速く走ってください」かかしがライオンに言った。「この命とりの花畑から、一刻も早く抜けだしなさい。ドロシーはわたしらで運びだしますが、あんたが眠っちまったら、重たすぎて運べませんから」

かくしてライオンはおのれにムチ打ち、精いっぱいのスピードで跳ねていって、じきに見えなくなった。

「わたしらの手を椅子にして、ドロシーを運ぼう」かかしがブリキの木こりに言った。トトを抱きあげてドロシーのひざにのせ、二人で椅子をつくった——手を組みあわせて椅子の座部にし、腕を肘(ひじ)かけにした。そうやって眠っているドロシーを運んで、花畑を抜けていった。

えんえん歩きつづけたが、彼らを囲む命とりの花のじゅうたんは、いつまでも終わらないかと思えた。川の折れ曲がりにそって進んでいくと、やっと仲間のライオンに出くわした。ライオンはケシの花に埋もれて、ぐっすり眠っていた。花の力はあまりに強く、さすがのライオンもそれに屈して、あと少しでケシ畑も終わりきれいな緑の野原が広がっているすぐそばまで来て、ついに力つきてしまったのだった。

「気の毒だが、何もしてやれない」ブリキの木こりが悲しそうに言った。「重すぎて持ちあがりもしないよ。ここに永遠に眠らせておくしかない。ひょっとしたら、ついに勇気を見つけた夢を見るかも」

「残念だな」かかしが言った。「弱虫にしてはすごくいい仲間だったのに。だが先へ進もう」

　眠っているドロシーを、彼らは川べりのきれいな場所まで連れていった。ここまで離れれば、もうケシの花の毒を吸うおそれもない。柔らかい芝の上に、彼らはそっとドロシーを下ろし、さわやかな風で彼女が目をさますのを待った。

9　野ネズミの女王

「もう黄色いレンガの道から遠くないはずですよ」と、ドロシーと並んで立ったかかしが言った。「川に流された分、だいたい歩きましたから」

ブリキの木こりがこれに答えようとしたところで、ウーと低いうなり声が聞こえたので首を回してみると（首に関節がついていて、とても滑らかに回ったのである）、妙な獣が、野原をこっちへ跳ねてきていた。見ればそれは大きな黄色い山猫で、こいつは何かを追いかけているにちがいない、と木こりは思った。耳は垂れて頭にぺったりくっつき、口は大きく開いて醜い二列の歯をさらし、赤い目は火の玉のようにギラギラ光っていた。さらに近よってくると、この獣の前を、小さな灰色の野ネズミが走っているのが見えた。木こりに心はなかったけれど、こんなかわいい無害な生き物を山猫が殺すのはまちがっていることはわかった。

そこで木こりは斧（おの）を持ちあげ、駆けぬけていく山猫にすばやく一撃を加えた。頭がスッパリ体から切りはなされて、二つの断片が木こりの足もとに転がった。

敵から解放されて、野ネズミはぴたっと立ちどまり、それからゆっくり木こりに近づいてきて、キーキー小さな声で言った。

「ありがとう！　命を救ってくださって、ほんとうにありがとう」

「どういたしまして、礼には及びません」木こりは答えた。「わたしには心がないんでね、友だちを必要としてるかもしれない方々を助けるよう、気をつけてるんですよ。たとえただのネズミでもね」

「ただのネズミ！」小さな動物は憤慨してさけんだ。「わたくしは女王ですよ。すべての野ネズミの女王です！」

「そうでしたか」木こりはお辞儀をした。

「したがってあなたは、わたくしの命を救ってくださったことで、勇敢な行いをなさったのみならず、偉大な行いをなさったことにもなるのです」

と、何匹かの野ネズミが、小さな足で精いっぱい速く走ってきて、自分たちの女王を見てこうさけんだ。

「おお女王さま、もう女王さまが殺されてしまうものと思いましたよ！　いったいどうやって大山猫から逃れたのですか？」そう彼らは言って、小さな女王に向かって深々とお辞儀し、あまりに深く頭を下げたものだから、ほとんどさか立ちしてしまいそうになった。

「このへんてこなブリキの人が」女王は答えた。「山猫をやっつけてわたくしの命を救ってくださったのです。ですから今後は、みなこの方に仕え、どんなささいな望みも叶えてさし上げないといけません」

「かしこまりました！」全員が甲高い声で合唱した。それから、ネズミたちはあわてて四方に散っていった。というのもトトが眠りからさめて、自分のまわりにネズミが大勢いるのを見てすっかりよろこんでワンワン吠えだし、群れのただなかに飛びこんできたのである。カンザスにいたときも、トトはネズミを追いかけるのが大好きだったし、それが悪いことだなんて、夢にも思っていなかった。

けれどブリキの木こりがトトをつかまえて、ぎゅっと抱えこみ、ネズミたちに向かって「戻っておいで！　戻っておいで！　この犬はトトといって、君たちに害を加えたりしないよ」と呼びかけた。

こう言われて、ネズミの女王は草むらから首をつき出し、恐るおそる「ほんとですか、嚙んだりしません？」とたずねた。

「わたしがゆるしません」木こりは言った。「ですから怖がるにはおよびません」

一匹また一匹、ネズミたちは這いだしてきて、トトももう吠えはしなかった。もっとも、木こりの両腕から逃げだそうとはしたし、ブリキでできていることを知らなかったら、木こりを嚙んだことだろう。やがて、大きめのネズミが、やっと口を開いた。「何か、わたくしどもの女王の命を助けていただいたご恩がえしに」ネズミは言った。「何か、してさし上げられることはあるでしょうか？」

「思いつかないなあ」木こりは答えた。が、さっきから考えようとしていたものの頭にわらが詰まっているので考えられなかったかかしが、すかさず言った。「うん、あるとも。わたしたちの友だちの、弱虫のライオンを助けてやってくれないか。ケシの花畑で眠っているんだ」

「ライオン！」小さな女王はさけんだ。「わたくしたちみんな、食べられてしまいますよ」

「いやいや」かかしが請けあった。「このライオンは、弱虫なんです」

「ほんとに？」

「自分でそう言ってます。わたしたちの友だちに害を加えたりはしません。助けるのを手伝ってくださったら、約束します、ライオンはあなたがたみんなに親切にします」

「いいでしょう」女王は言った。「あなたを信用します。でもどうすればいいのです？」

「このネズミたちのように、あなたを女王さまと仰いでしたがう者はおおぜいいるのですか？」

「ええそれはもう、何千と」女王は答えた。

「では彼らみんなに、めいめい糸を持ってすぐここへ来るよう言ってください」

女王はお付きのネズミたちのほうを向いて、ただちに民をのこらず集めるよう命じた。命令を聞くやいなや、ネズミたちは一目散に、四方へ駆けていった。

「さて」かかしはブリキの木こりに言った。「君は川辺の木立に行って、ライオンを運ぶ荷車をつくってくれたまえ」

木こりはさっそく木立に行って、仕事にとりかかった。葉や枝を切りおとした木の幹を組みあわせて、じきに荷車ができた。木の掛けくぎで幹どうしをつなぎ、太い幹を短く切って四つの車輪を作った。てきぱき要領よく仕事を進めたので、ネズミたちが到着しはじめるころには、もうすっかりでき上がっていた。

ネズミたちはあちこちからやって来て、何千匹といた。大きなネズミ、小さなネズミ、中くらいのネズミ、それぞれが口に糸をくわえていた。ちょうどこのころ、ドロシーが長い眠りからさめて、目を開けた。自分が草の上に横になっていて、まわりに何千匹ものネズミが立って、おずおずこっちを見ているものだから、ドロシーはすっかりおどろいてしまった。でもかかしが何もかも説明してくれて、それからかかしは、威厳ある小さなネズミのほうを向いて、こう言った。

「紹介します、こちらは女王さまです」

ドロシーがおごそかに会釈すると、女王はひざを曲げて一礼し、あとはもう、すっかりうちとけた態度になった。

ネズミたちが持ってきた糸を使って、かかしと木こりは彼らを荷車に結わえつけていった。糸の一方の端をネズミの首に、もう一方を荷車の端に結んだ。もちろん荷車はネズミ一匹一匹よりずっと大きかったけれど、全員をつなげば楽々引っぱれて、かかしと木こりが乗っても平気だった。ライオンが眠っている場所まで、風変わりな小さな馬たちに引かれて荷車はすいすい進んでいった。

さんざん苦労して――何しろ重たいので――彼らはライオンを荷車に乗せた。すぐ出発せよ、と女王が急いで命じた。ぐずぐずしていると、ネズミたちまで眠ってしまうことを恐れたのである。

はじめ、大勢で引いているとはいえ、重い荷を載せた荷車はほとんど動かなかった。が、木こりとかかしがいっしょにうしろから押してやると、だいぶ進むようになった。じきにライオンはケシの花畑から緑の野原に運びだされ、花の毒気の代わりに、かぐわしい、みずみずしい空気をふたたび吸えるようになった。

ドロシーが迎えに出て、仲間を死から救ってくれた小さなネズミたちにあつく礼を言った。ドロシーは大きなライオンのことが大好きになっていたので、ケシの花畑から救いだせてほんとうにうれしかった。

ネズミたちが荷車から解かれ、それぞれ草の上をわが家へと散っていった。ネズミの女王が一番最後まで残った。

「もしまたわたしたちが必要になったら」女王は言った。「野原に来て呼んでくださいね。聞こえたらすぐ助けにうかがいます。さようなら！」

「さようなら！」みんなも答え、女王は走りさっていった。トトが追いかけて怖がらせたりしないよう、ドロシーがぎゅっと抱きしめていた。

それから、みんなでライオンのかたわらに座って、彼が目ざめるのを待った。かかしがそばの木から果物を持ってきてくれたので、ドロシーはそれを晩ごはんにした。

10　門番

ケシの花畑に長いこと埋もれて、ずっと命とりの香りを吸っていたものだから、弱虫のライオンが目をさますまで、しばらく時間がかかった。やっと目を開けて、荷車から転がるようにして降りてくると、自分がまだ生きているとわかって、ライオンは大よろこびだった。

「精いっぱい速く走ったんですけどねえ」ライオンは、腰を下ろしてあくびをしながら言った。「だけど、花の香りがあまりに強くて。どうやって連れだしてくださったんです？」

野ネズミたちが危険をかえりみず死から救ってくれたことを聞かされると、弱虫のライオンは声を上げて笑い、こう言った。

「わたし、いままでずっと、自分はすごく大きくて恐ろしいんだと思ってました。だけどそれが、花みたいに小さなものにあやうく殺されるところだったし、ネズミみたいに小さな動物に命を助けてもらった。じつにふしぎですねえ！　さてみなさん、わたしたちこれからどうしましょう？」

「黄色いレンガの道に戻るまで、先へ進まなくちゃ」ドロシーが言った。「そうしてまたエメラルドの街への旅をはじめるのよ」

ライオンもすっかり元気をとりもどしたので、みんなはまた先を行き、柔らかい、みずみずしい草の地面を歩くことを大いに楽しんだ。まもなく黄色いレンガの道にたどり着いて、偉大なるオズの住むエメラルドの街にふたたび向かっていった。

道はなめらかで、舗装もきちんとしていたし、あたりの景色も大変きれいだった。森をはるかあとにし、森の暗がりで出会ったさまざまな危険からも離れられて、旅人たちはとてもうれしかった。道端にまた柵が立っていたが、今回はそれが緑色に塗ってあった。やがて、一軒の小さな、見るからに農家と思える家の前に彼らは出たが、この家もやっぱり緑色に塗ってあった。午後のあいだに何軒かそういう家に出くわし、時には玄関に人が出てきて、何か訊きたそうな顔でこっちを見ていたが、大きなライオンに恐れをなして、一人もそばに寄ってこなかったし、声もかけてこなかった。人びとはみな美しいエメラルドグリーンの服を着ていて、マンチキンと同じとんがり帽子をかぶっていた。

「きっとここがオズの国よ」ドロシーが言った。「エメラルドの街ももうじきなんだわ」

「そうですよね」かかしが答えた。「マンチキンの国では青が好かれてましたけど、ここじゃ何もかもが緑色ですねえ。でも人は、マンチキンほど親切じゃなさそうです。

下手すると、今夜のねぐらも見つからないんじゃないかな」

「何か果物以外が食べたいな」ドロシーが言った。「きっとトトもお腹ぺこぺこだと思うの。次に出てきた家で、訊いてみましょうよ」

というわけで、かなり大きな農家の前に来ると、ドロシーは大胆にも玄関まで行って、ノックした。

女の人がドアを、かろうじて外が見えるだけ開けて、言った。「あんたなんの用だい、それになんだって、大きなライオンなんかがいっしょにいるんだい？」

「もしご迷惑でなかったら、一晩泊めていただきたいんです」ドロシーは答えた。

「ライオンはあたしの友だちで、けっして人を傷つけたりしません」

「飼いならしてあるのかい？」女の人は訊いて、ドアをもう少しだけ開けた。

「はい」ドロシーは言った。「それにこのライオン、すごい弱虫なんです。だからライオンのほうこそ、そちらを怖がると思いますよ」

「そうだねえ」女の人はじっくり考え、もう一度ライオンのほうをちらっと見てから言った。「だったらまあ、入れてやってもいいかね。夕ごはんと、眠る場所をあげよう」

こうして家に入ると、その女の人以外に、子供が二人と、男の人が一人いた。男の人は片脚を怪我していて、部屋の隅の長椅子に横になっていた。ひどくへんてこな一行を見て誰もがびっくりしているみたいで、女の人が食卓の準備に忙しく立ちはたらくなか、男の人が訊いた。

「あんたらみんな、どこへ行くのかね？」

「エメラルドの街に」ドロシーは言った。「偉大なるオズに会いに」

「へえ、そうかね！」男の人はさけんだ。「で、オズはほんとに会ってくれるのかね？」

「どうして会ってくれないと思うの？」

「だってね、オズは誰一人、そばに寄らせないって話だよ。おれもエメラルドの街には何度も行ったし、そりゃあきれいで、すばらしいところだ。でも偉大なるオズにはいっぺんだって会わせてもらったことがないし、生きてる人間でオズを見たことがあるって奴にも会ったことないね」

「ぜったい外に出てこないんですか？」かかしが訊いた。

「ぜったいに。毎日毎日、宮殿の玉座室にいて、オズに仕える人たちでさえ、面と向かって顔を合わせることはない」

「どんな見かけなの？」ドロシーが訊いた。

「そいつは答えづらい」男の人は考え深げに言った。「何しろ偉大な魔法使いだからね、どんな姿にもなれるんだ。だから、鳥みたいだと言う人もいれば、象みたいだと言う人もいるし、猫みたいだと言う人もいる。ある人の前には美しい妖精になってあらわれるし、あるいは働き者の妖精だったり、とにかく何でも好きな姿になれる。だけど、自分自身に戻ったほんとうのオズは何者なのか、そいつは誰にもわからないんだ」

「ふしぎねえ」ドロシーは言った。「でもなんとか会ってもらわなくちゃ。じゃないと、ここまで旅してきたことが、むだになってしまうもの」

「なんだって恐ろしいオズに会いたいのかね？」男の人は訊いた。

「脳味噌をもらいたいんです」かかしが熱をこめて言った。

「うん、オズならそれくらい朝めし前だね」男は言ってのけた。「脳味噌だったら、あり余ってるからね」

「わたしは心臓をいただきたくて」ブリキの木こりが言った。

「それも簡単だよ」男の人はさらに言った。「心臓のコレクションならたっぷりあるよ、大きさも形も、よりどりみどりさ」

「で、わたしは勇気がいただければと」弱虫のライオンが言った。

「オズの玉座室には、勇気の入った大鍋がある」男の人は言った。「勇気があふれ出ないよう、鍋には黄金の皿でふたがしてある。きっとよろこんで分けてくれるよ」

「それであたしは、カンザスに送りかえしてもらいたいの」ドロシーが言った。

「カンザスってどこだい?」男の人がびっくりして訊いた。

「わからないわ」ドロシーは悲しそうに言った。「でもあたしのおうちはそこなんだから、きっとどこかにあるにちがいないわ」

「まあそうなんだろうね。ま、オズならなんでもできるから、カンザスだってきっと見つけてくれるよ。でもまずは会わないことにはね。そしてそれが難題ときてる。偉大なる魔法使いは誰にも会いたがらないし、たいていは自分の思いどおりのことしかやらない。で、きみは何が望みかね?」と男は、今度はトトに話しかけたが、トトは尻尾を振るだけだった。ふしぎなことに、トトは言葉がしゃべれなかったのである。

夕ごはんができたわよ、という女の人の声で、みんなはテーブルのまわりに集まった。ドロシーはとても美味しいポリッジ、スクランブルエッグ、上等な白パンの食事を満喫した。ライオンもポリッジを少し食べたが、あいにく気に入らず、これってオートト麦ですよね、オート麦は馬の食料であってライオンの食べ物じゃありませんからねと言った。かかしとブリキの木こりはぜんぜん何も食べなかった。トトはいろんなものをちょっとずつ食べ、ひさしぶりにちゃんとした夕食にありつけて喜んでいた。

女の人はドロシーにベッドを与えてくれて、トトもその隣に横になり、ライオンはドロシーが眠りを邪魔されないよう、部屋のドアの前で番に就いた。かかしとブリキの木こりは部屋の隅に立ち、もちろん眠りはしなかったが、一晩じゅうじっと静かにしていた。

翌朝、日の出とともに彼らは出発し、じき前方の空に、きれいな緑色の光が見えてきた。

「きっとあれがエメラルドの街よ」ドロシーが言った。

なおも歩いていくと、緑色の光はどんどんあかるくなっていって、とうとうこれで旅も終わりかと思えた。けれど、街を囲む大きな壁にやっとたどり着いたころには、もう午後になっていた。高い、厚い、あかるい緑色の壁だった。

彼らの行く手、黄色いレンガの道の果てに大きな門があって、一面エメラルドがはめ込まれてきらきら光り、陽を浴びたいま、かかしの顔に描かれた目まで、そのまぶしさにくらんでしまうほどだった。

門のかたわらに呼び鈴があったので、ドロシーがボタンを押すと、中でチリン、と銀の鈴みたいな音がするのが聞こえた。それから大きな門がゆっくり開いて、みんなで中に入ると、そこは天井の高い、アーチ型の部屋で、壁にはめ込まれた無数のエメラルドがきらきら輝いていた。

彼らの前に、マンチキンとだいたい同じ大きさの、小男が一人立っていた。頭から爪先まで、全身緑色の服を着ていて、肌まで緑っぽい色合いだった。かたわらには大きな緑色の箱があった。

ドロシーとその仲間たちを見ると、男は「エメラルドの街に、なんの用かね？」と訊いた。

「偉大なるオズに会いにきたんです」ドロシーが言った。

男はこの答えにものすごくびっくりして、じっくり考えようと座りこんだ。

「オズに会いたいなんて言われたの、何年ぶりだろう」男は面喰らって首を横に振り言った。「オズはものすごく強い、恐ろしいお方である。お前たちがむだな、あるいは愚かな用事で偉大なる魔法使いの瞑想を邪魔したりしたら、怒ってお前らを一瞬のうちに滅ぼしてしまうかもしれんぞ」

「でも愚かな用事じゃないし、むだでもありません」かかしが答えた。「大事な用事です。それにオズはよい魔法使いだと、わたしどもは聞いています」

「そうとも」緑色の男は言った。「あのお方はエメラルドの街を賢明に、立派に治めていらっしゃる。だが不正直な者、好奇心から近づいてくる者には、この上なく怖いお方である。顔を見たいなどと頼んできた者は、これまでほとんどおらん。わしはこの門番であって、お前たちは偉大なるオズに会いたいと言っているのだから、宮殿に連れていくしかあるまい。だがまず、お前たちはめがねをかけないといけない」

「どうして？」ドロシーが訊いた。

「かけないと、エメラルドの街のあまりのまぶしさと華やかさに、目がつぶれてしまうからだ。街に住む者だって、夜も昼もめがねをかけないといけない。しっかり錠までしてあるのだ。街が作られたときにオズがそう命じたからで、錠を外すただひとつの鍵は、わしが持っている」

門番は大きな箱を開けた。ドロシーが見てみると、中はあらゆる大きさ、あらゆる形のめがねでいっぱいだった。どのめがねにも、緑色のレンズが入っていた。門番はドロシーにぴったりの大きさのを見つけて、かけてくれた。金色の帯が二本ついていて、これをうしろに回して両端を重ね、門番が首にかけている鍵束の端にある小さな鍵で留めるようになっていた。いったんかけてしまうと、もう外したくても外せなかったけれど、目が見えなくなってしまうのはドロシーだって嫌だったから、何も言わなかった。

それから緑色の男は、かかし、ブリキの木こり、ライオンにも、さらにはトトにまでめがねを選んでくれて、すべてにしっかり鍵をかけた。

そうして門番は自分もめがねをかけ、これから宮殿まで連れていく、とみんなに言った。壁の掛けくぎから、大きな金色の鍵をひとつ外して、もうひとつの門を開けた。みんなは門番のあとについてアーチを抜け、エメラルドの街並に入っていった。

11　すばらしいエメラルドの街オズ

緑のめがねで目を護(まも)っていても、すばらしい街のあまりのまぶしさに、ドロシーたちははじめ目がくらんでしまった。街路ぞいには美しい、どれも緑色の大理石でできた、きらきら光るエメラルドを一面にちりばめた家が並んでいた。同じ緑色の大理石を敷いた舗道を渡ると、敷石の継ぎ目にもエメラルドがぎっしりはめ込まれ、あかるい陽をあびてまばゆく光っていた。窓は緑色のガラスだったし、街の上空まで緑っぽい色あいで、陽の光も緑色だった。

おおぜいの人が歩いていて、男も女もいれば子どももいて、それがみんな緑色の服を着て緑っぽい肌をしていた。ドロシーとそのへんてこな仲間たちを、誰もがおどろきの目でながめ、子どもたちはライオンを見たとたんにさっと母親のかげにかくれて、誰も彼らに声をかけてこなかった。道ぞいにお店がたくさんあって、ドロシーが見てみると、売り物もすべて緑色だった。緑色のキャンディ、緑色のポップコーン、そして緑色の靴、緑色の帽子、あらゆるたぐいの緑色の服。ある店では男の人が緑色のレモネードを売っていて、子どもたちがそれを買うと、払う小銭も緑色だった。

馬はぜんぜん見あたらず、そもそもいっさい、なんの動物もいないみたいだった。

男たちは緑色の小さな手押し車に物を載せて運んでいた。誰もがしあわせそうで、満ち足り、豊かそうだった。

門番に連れられてドロシーたちは街を歩いていき、やがて、街のちょうどまんなかにある大きな建物の前に出た。これが偉大なる魔法使いオズの住む宮殿だった。扉の前に、緑の制服を着て長い緑のほおひげを生やした兵士が立っていた。

「よそからいらした方々だ」門番が兵士に言った。「偉大なるオズに会いたいと言ってらっしゃる」

「お入りください」兵士は答えた。「わたくしがオズに伝えます」

そこでみんなで宮殿の門を抜けると、緑のじゅうたんを敷いた、エメラルドをちりばめた美しい緑の家具のある大きな部屋に通された。兵士に言われて、みんな部屋に入る前に緑のマットで足を拭いた。一同が席につくと、兵士は礼儀正しく言った。

「わたくし、玉座室の扉まで参りまして、あなたがたがいらしたことをオズに伝えますので、どうぞお楽になさっていてください」

兵士が帰ってくるまで、長いこと待たされた。やっと戻ってきた兵士に、ドロシーが訊いた。

「オズに会ったの？」

「いいえ、まさか」兵士は答えた。「会ったことなど一度もありません。ついたての向こうにいるオズに声をかけて、みなさんのご希望を伝えたのです。お望みなら謁見を許そう、とのお答えでした。ただし、御前に出るのはひとりずつ別々でなくてはなりませんし、オズは一日にひとりしかお呼びになりません。なので、宮殿に何日かとどまっていただくことになりますから、まずはみなさんをお部屋にご案内します。長旅でお疲れでしょうから、ゆっくり休まれるとよいでしょう」

「ありがとう」ドロシーは答えた。「とても親切な方なのね、オズって」

兵士がピューッと笛を吹くと、すぐさま、かわいい緑の絹のガウンを着た女の子が部屋に入ってきた。女の子はきれいな緑の髪に緑の瞳をしていて、ドロシーに向かってふかぶかとお辞儀をしながら、「どうぞこちらへ、お部屋にご案内します」と言った。

というわけでドロシーはトト以外の仲間と別れ、トトを抱きかかえて緑色の女の子について行き、七つの通路を抜け三つの階段をのぼった末に、宮殿の正面側の部屋に出た。それは世界一かわいらしい部屋で、やわらかくて心地よいベッドには、緑の絹のシーツと緑のビロードのベッドカバーがかかっていた。部屋のまんなかに小さな噴水があって、緑の香水がしぶきとなって噴きあげられ、美しく彫られた緑の大理石の水盤に落ちていた。美しい緑の花が窓辺に飾られ、小さな緑の本が並んだ棚がひとつあった。ひとまず落ち着いてからそれらの本を開いてみると、へんてこな緑の絵がいっぱいあって、何とも滑稽(こっけい)なのでドロシーは思わず笑ってしまった。衣裳(いしょう)だんすには、絹やサテンやビロードでできた緑のドレスがたくさんあった。どれもドロシーにぴったりの大きさだった。

「どうか心ゆくまでくつろがれますよう」緑色の女の子は言った。「もし何かご用がありましたら、ベルをおつかいください。明日の朝、お迎えにあがります」

女の子はドロシーをひとり残して、みんなのところに戻っていった。彼らもやはり部屋に案内され、宮殿のなかの、この上なく快適な一角に落ち着いた。言うまでもなく、このもてなしも、かかしにはまったく無意味だった。ひとり部屋に残されると、かかしはただ一か所に――ドアから中に入ってすぐのあたりに――つっ立って、そのまま朝まで待っていたのである。横になったところで休まるわけではないし、目を閉じられもしない。だから一晩じゅう、部屋の隅に巣を張っている最中の小さなクモを見つめて過ごし、世界で一番というくらいすてきな部屋にいることも知らぬげだった。

ブリキの木こりは、まだ自分が肉体でできていたころをおぼえていたので、習慣に引っぱられてベッドに横になった。けれど眠れはしないので、関節を上下に動かし、どこも具合の悪いところがないことを確かめて夜を明かした。ライオンはほんとうなら、森のなかの乾いた葉っぱの寝床のほうがよかっただろうし、部屋に閉じこめられるのは好きでなかったが、そんなことをいちいち気に病んだりしないだけの分別はあったから、パッとベッドに飛びのり、猫みたいに体を丸めて、ゴロゴロのどを鳴らしてたちまち眠りについた。

翌朝、朝食が済むと、緑色の女の子がドロシーを迎えにきて、浮き模様入りの緑のサテンでできた、とびきりかわいらしい服を着せてくれた。ドロシーは緑の絹のエプロンを着けて、トトの首に緑のリボンを巻き、偉大なるオズの玉座室に向かった。

まず、宮廷のご婦人や殿方がおおぜいいる大広間に着いた。誰もが華やかな衣裳で着飾っていて、おたがいおしゃべりする以外何もしなかったけれど、毎朝かならず、みんな玉座室の外で待つのだった。もっとも、オズに会わせてもらえることはいっぺんもなかった。ドロシーが入っていくと、みんなじろじろながめ、ひとりが声をひそめて言った。

「あなた、ほんとに、恐ろしきオズの顔をごらんになるつもりですか？」

「もちろん」ドロシーは答えた。「会ってもらえるんなら」

「会ってくれますとも」と、ドロシーの伝言をオズに伝えてくれた兵士が言った。「まあたしかに、会ってくださいと言われるのを喜ばないお方ですがね。じっさい、はじめは立腹なさって、追いかえしてしまえとおっしゃったんです。でもそれから、どんな格好をしてるんだとお訊きになるんで、銀の靴のことをお伝えすると、たいへん興味を示されまして。結局、あなたさまの額のしるしのことをお伝えしたら、お呼びすることに決められたのです」

　ちょうどそのときベルが鳴って、緑色の女の子がドロシーに、「いまのが合図です。玉座室にひとりでお入りにならないといけません」と言った。

　女の子が小さなドアを開けてくれたので、ドロシーが臆せず入っていくと、中はすばらしい場所だった。大きな丸い部屋で、高い丸天井があって、壁も天井も床も大きなエメラルドでびっしり覆われていた。天井のまんなかに、太陽のようにあかるい明かりがともっていて、それに照らされてエメラルドがきらきら華やかに光っていた。

　けれど、一番ドロシーの目をひいたのは、部屋のまんなかに据えられた、緑色の大理石でできた大きな玉座だった。椅子のような形をしていて、ほかの何もかもと同じく宝石がちりばめられていた。椅子のまんなかに巨大な頭があったが、それを支える胴もなければ、腕も脚もいっさいなかった。頭には毛がなかったけれど、目と鼻と口はあって、どんなに大きな巨人の頭よりもっと大きかった。

　おどろきと恐怖の念とともにドロシーが見入っていると、目がゆっくり動いて、鋭いまなざしで彼女を見すえた。やがて口が動いて、ドロシーの耳に声がとどいた。

「わたしはオズ、偉大にして恐ろしき者である。おまえは誰だ、なぜわたしに会おうとする？」

　これだけ大きな頭から出てくるにしては、案外怖くない声だったので、ドロシーは意を強くして答えた。

「わたしはドロシー、小さく弱き者です。力を貸していただきに参りました」

オズの目はまる一分くらい、考えぶかげにドロシーを見ていた。それから声が言った。

「銀の靴はどこで手に入れた？」

「東の国の悪い魔女が、わたしの家の下敷きになって死んだときに」

「額のしるしはどこでつけた？」と、さらに声は言った。

「北の国のよい魔女が、わたしをあなたのもとへ送りだすときに、別れのキスをここにしてくれたのです」

目がふたたび鋭いまなざしをドロシーに向け、彼女がほんとうのことを言っていることをたしかめた。それからオズは、「わたしに何をしてほしい？」と訊いた。

「エムおばさんとヘンリーおじさんのいるカンザスに、わたしを送りかえしてください」とドロシーは訴えた。「この国はとてもきれいですけど、わたしは好きじゃありません。それにエムおばさんも、わたしが長いこと帰ってこないので、きっとすごく心配していると思うんです」

目は三度まばたきしてから、天井を見上げ、床を見下ろし、それから何とも奇妙な具合に、部屋じゅうを隈なく見るみたいにぐるっと回った。そしてやっと、またドロシーを見た。

「なぜわたしがそうしてやる必要がある？」オズは訊いた。

「あなたは強くてわたしは弱いからです。あなたは偉大な魔法使いで、わたしはただの無力な女の子だからです」

「だがおまえは、東の国の悪い魔女を退治するくらい強かったではないか」オズは言った。

「あれはひとりでにそうなったんです」ドロシーは素直に答えた。「かりにわたしが止めようとしたってむだでした」

「では答えよう」頭は言った。「お返しに何かしてくれるのでないかぎり、カンザスに送りかえしてくれと頼む権利はおまえにはない。この国ではみな、何を手に入れるにも代償を払わねばならんのだ。おまえを故郷に送りかえすために、わたしの魔法の力をつかってほしいなら、まずわたしのために、何かしてくれないといかん。わたしを助けてくれ、そうしたらおまえを助けよう」

「何をしろとおっしゃるんです？」ドロシーは訊いた。

「西の国の悪い魔女を退治してくれ」オズは答えた。

「そんなことできません！」ドロシーはびっくりしてさけんだ。

「おまえは東の国の魔女を退治したし、強い魔法の力がこもった銀の靴をはいている。

もうこの地に、悪い魔女はひとりしか残っておらんのだ。その魔女が死んだと知らせてくれたら、おまえをカンザスに送りかえしてやる。それまではだめだ」

ドロシーはひどくがっかりして、しくしく泣きだした。と、オズの目がふたたびまばたきして、切なげにドロシーを見た。ドロシーさえその気になれば偉大なるオズを助けられるのに、と思っているみたいだった。

「いままで何かを、殺す気で殺したことなんて一度もありません」ドロシーは泣きながら言った。「それにもし、わたしが悪い魔女をたおそうと思ったとしても、どうやってそんなことができるでしょう？　偉大にして恐ろしいあなたがご自分でもたおせないのに、どうしてわたしにできると思われるんです？」

「わからない」と頭は言った。「だがそれがわたしの答えだ。悪い魔女が死なないかぎり、おまえがふたたびおじさんとおばさんの顔を見ることもない。忘れるなよ、相手は悪い魔女、ものすごく悪い魔女であって、退治されるべきなのだ。さあ行け、務めをはたすまでは、わたしに二度と会いにくるな」

悲しい思いでドロシーは玉座室を出て、ライオンとかかしとブリキの木こりのところへ戻っていった。みんな、ドロシーがオズになんと言われたかを聞こうと待っていた。「どうしようもないわ」とドロシーは悲しそうに言った。「西の国の悪い魔女を退治しないかぎり、わたし、故郷へ送りかえしてもらえないのよ。そんなことできっこないわ」

仲間たちは同情したが、といって何もしてやれなかった。ドロシーは自分の部屋に帰って、ベッドの上に横たわり、泣き疲れて寝入った。

翌朝、緑のほおひげを生やした兵士が、かかしのところに来て言った。

「おいでください、オズがお呼びです」

そこでかかしが兵士について行き、広い玉座室に通されると、エメラルド色の玉座には、この上なく美しいご婦人が座っていた。緑色の絹の薄衣(うすぎぬ)を身にまとい、ふさふさと流れる緑色の髪には、たくさんの宝石でできた王冠が載っていた。両肩には羽が生えていて、それが何ともあでやかな色あいで、ごくわずか空気がそよいできただけではためくほど軽かった。

かかしがこの美しいお方に向かって、わらの詰まった体で精いっぱい優雅にお辞儀をすると、相手は優しい顔でかかしを見て、言った。

「わたしはオズ、偉大にして恐ろしき者である。おまえは誰だ、なぜわたしに会おうとする？」

ドロシーから話を聞いて、てっきり大きな頭に対面するものと思っていたので、かかしはたまげてしまったが、思いきって答えた。

「わたしはただの、わらが詰まったかかしです。なのでわたしには脳味噌(のうみそ)がありません。そこであなたさまに、わらの代わりに脳味噌を頭に詰めていただければと願って参りました。そうしていただければわたしも、あなたさまが治めていらっしゃる地の誰にも負けぬ、一人前の人間になれると思うのです」

「なぜわたしがそうしてやる必要がある？」ご婦人が訊いた。

「あなたは賢くて強くて、わたしを助けられる方はほかにいないからです」かかしは答えた。

「わたしは見返りなしに人助けはしない」オズは言った。「だがこれだけは約束する。西の国の悪い魔女を殺してくれたら、おまえにたっぷり脳味噌をやろう。オズの国一番の賢者になれるくらい上等な脳味噌を」

「ドロシーに魔女を退治せよ、とおっしゃったんじゃなかったんですか？」かかしはびっくりして言った。

「言ったとも。誰が魔女を退治しようと、わたしはかまわない。とにかく魔女が死ぬまでは、おまえの望みも叶えてはやらぬ。さあ行け、そこまで欲しがっている脳味噌をもらうにふさわしい身となるまで、わたしに会おうとするな」

かかしは悲しい気持ちで仲間のもとに戻っていき、オズに言われたことをみんなに話した。偉大なるオズが、自分が見たような頭ではなく、美しいご婦人だと聞かされてドロシーはおどろいてしまった。

「とはいえあのご婦人」かかしは言った。「ブリキの木こりと同じで、心が必要ですよ」

翌朝、緑のほおひげを生やした兵士が、ブリキの木こりのところに来て言った。

「オズがお呼びです。おいでください」

そこでブリキの木こりは兵士について行き、広い玉座室に着いた。これから会うオズが、美しいご婦人なのか頭なのかはわからなかったが、美しいご婦人だといいな、と木こりは思った。「なぜって」と木こりは胸のうちで言った。「頭だったら、きっと心を与えてはくれない。頭は自分にも心がないから、わたしに同情もできない。美しいご婦人だったら、心をくださいと一生懸命お願いしよう。ご婦人がたというのはみな、優しい心の持ち主だというから」

ところが、木こりが広い玉座室に入っていくと、そこには頭もご婦人も見えなかった。オズは、この上なく恐ろしい獣の姿になっていたのである。ほとんど象くらい大きくて、緑色の玉座はとうてい、その重さを支えきれそうになかった。獣はサイのような頭をしていたが、その顔には目が五つあった。胴から長い腕が五本出ていて、ほっそり長い脚も五本あった。羊毛のような濃い毛が体一面を覆っていて、これ以上恐ろしい見かけの怪物など、想像しようもなかった。ブリキの木こりにまだ心臓がないのは幸いだった。もしあったら、恐怖のあまり、ドキドキと激しく高鳴ったことだろう。けれど何もかもブリキなので、ひどくがっかりはしていたけれど、少しも怖くはなかった。

「わたしはオズ、偉大にして恐ろしき者である」獣はすさまじい、吠えるような声で言った。「おまえは誰だ、なぜわたしに会おうとする？」

「わたしは木こりで、ブリキでできています。だから心がないので、愛することができません。ほかの人間と同じになれるよう、どうかわたしに心を与えてください」

「なぜわたしがそうする必要がある？」獣は問いつめた。

「わたしがもとめていて、わたしの願いを叶えられるのはあなただけだからです」木こりは答えた。

これを聞いてオズは低いうなり声をもらしたが、それからぶっきらぼうに言った。

「ほんとうに心が欲しいのなら、それにふさわしい身にならねばならない」

「どうやってです？」木こりは訊いた。

「ドロシーが西の国の魔女を退治するのを手伝うのだ」獣は答えた。「魔女が死んだら、また来い。オズの国で一番大きく、優しく、愛情深い心をやろう」

というわけでブリキの木こりも、すごすごと悲しい思いで仲間のもとに帰り、見てきた恐ろしい獣のことを伝えた。偉大なる魔法使いがいろんな姿になれることに、みんなすっかりおどろいてしまったが、やがてライオンがこう言った。

「もしわたしが会いに行って、オズが獣だったら、わたし、精いっぱい大声で吠えて奴を怯えさせて、こっちが要求するものをすべて渡すようにさせます。美しいご婦人だったら、襲いかかるふりをして、言うとおりにさせます。大きな頭だったら、もうわたしの言うなりです。頭を部屋じゅうごろごろ転がして、わたしたちの望むものをなんでも与えると約束させるんです。だからみなさん、元気を出してください。きっとなんとかなりますから」

翌朝、緑のほおひげを生やした兵士が、ライオンを広い玉座室に連れていき、オズの御前に出るよう命じた。

ライオンがすぐさま扉を抜けて中に入り、あたりを見回すと、おどろいたことに、玉座の前には火の玉があった。燃えさかる、まっ赤に輝く、まともに見られぬほど激しい炎だった。ライオンはとっさに、オズの体にうっかり火がついて火だるまになってしまったのだと思った。もう少し近よってみようとしたが、すさまじい熱さにひげが焦げてしまうので、ぶるぶる震えながらドアの近くまで這って戻った。

やがて、低い、静かな声が火の玉から聞こえてきた。それはこんな言葉だった。

「わたしはオズ、偉大にして恐ろしき者である。おまえは誰だ、なぜわたしに会おうとする？」

そしてライオンはこう答えた。「わたしは弱虫のライオンで、何もかもを怖がっています。勇気を与えてくださるようお願いしに参りました。勇気さえあれば、世間の呼び名どおり、ほんとうに百獣の王になれると思うのです」

「なぜわたしがおまえに勇気をやる必要がある?」オズは問いつめた。

「すべての魔法使いのなかであなたが一番偉大で、あなただけがわたしの願いを叶える力をお持ちだからです」ライオンは答えた。

火の玉はしばし激しく燃えさかり、それから声が聞こえた。

「悪い魔女が死んだ証拠を持ってこい。そうしたらすぐさま、おまえに勇気をやろう。だが魔女が生きているかぎり、おまえはずっと弱虫のままだ」

ライオンはこう言われて腹が立ったが、何も言いかえせなかった。だまって火の玉を見つめていると、ものすごい熱さになってきたので、尻尾を巻いて部屋から逃げだした。仲間たちが待っていてくれたのでライオンはよろこび、魔法使いとの恐ろしい謁見のことを話した。

「あたしたちこれから、どうしましょう?」ドロシーが悲しそうに言った。

「できることはただひとつです」ライオンが答えた。「ウィンキーたちの国へ行って、悪い魔女を探しだして、やっつけるんです」

「でももしできなかったら?」ドロシーは言った。

「そしたらわたしはもうぜったい、勇気をもらえません」ライオンは言いはなった。

「そしてわたしはぜったい、脳味噌がもらえない」かかしが言いたした。

「そしてわたしはぜったい、心臓がもらえません」ブリキの木こりも言った。

「そしてあたしはぜったい、エムおばさんとヘンリーおじさんに会えないんだわ」ドロシーは言って泣きだした。

「気をつけて！」緑色の女の子がさけんだ。「涙が緑のガウンに落ちたら、しみになってしまいます」

　ドロシーは涙を拭いて、言った。「まあ、やってみるしかないわね。でもあたし、殺すなんてぜったい嫌だわ。いくらエムおばさんにもう一度会うためだって」

「わたしも一緒に行きます。でもわたし、おそろしく弱虫ですから、魔女を殺すなんてむりです」ライオンが言った。

「わたしも行きます」かかしが宣言した。「でもわたし、大してお役に立ちません。ものすごく馬鹿ですから」

「わたしには心がないから、たとえ魔女が相手でも、やっつけようという気持ちが持てないんです」ブリキの木こりが言った。「でもみなさんが行くんなら、もちろんごいっしょします」

　というわけで、翌朝みんなで出発することに決め、木こりは緑の砥石で斧を研ぎ、体じゅうの関節にしっかり油をさしてもらった。かかしは新しいわらを体に詰め、目がよく見えるようドロシーにペンキを塗りなおしてもらった。緑色の女の子はみんなにとても親切にしてくれて、ドロシーのバスケットに美味しい食べ物を詰め、トトの首には緑のリボンがついた小さな鈴をつけてくれた。

みんなすごく早寝し、夜明けになって、宮殿の裏庭に住む緑色のおんどりが時を告げる声と、緑色の卵を産んだばかりのめんどりのクワックワッという声に起こされるまでぐっすり眠った。

12　悪い魔女を探して

緑のほおひげの兵士に連れられて、一行はエメラルドの街を抜けていき、門番が住んでいる部屋に着いた。門番はみんなのめがねの鍵を外してくれて、めがねを大きな箱にしまってから、丁重に門を開けてくれた。

「悪い魔女のいる、西の国に行く道はどっちですか？」ドロシーは訊いた。

「道はない」門番は答えた。「あそこへ行こうと思う者は、ひとりもいないのだ」

「じゃああたしたち、どうやったら魔女を見つけられるかしら？」ドロシーは訊いた。

「簡単だ」相手は答えた。「おまえたちがウィンキーの国にいると知ったら、向こうからやって来る。おまえたちをみんな奴隷にするのだ」

「それはないんじゃないかな」かかしが言った。「わたしたち、魔女を退治するつもりなんだから」

「あ、それなら話は別だ」門番は言った。「いままであの魔女を退治した人はいないから、当然おまえたちも奴隷にされると思ったのだ。これまでみんなそうだったから。けれど気をつけるがいい。邪で獰猛な魔女だから、そうやすやすとは退治されないかもしれん。沈む夕陽を目じるしに、ひたすら西に行きなさい。きっと見つかるとも」

みんなは門番に礼を言って別れを告げ、西へと向かい、あちこちにヒナギクやキンポウゲの咲く柔らかな草原を越えていった。宮殿で着せてもらったきれいな絹のワンピースをドロシーはまだ着ていたが、驚いたことにもう緑色ではなく、まっ白だった。トトの首に巻いたリボンも緑の色が抜けて、ドロシーのワンピースと同じくまっ白だった。

じきにエメラルドの街も、彼方に遠ざかってしまった。先へ行くにつれて、地面がだんだんごつごつと険しくなっていった。ここ西の国には、畑も家もなく、地面も耕されていなかった。

午後になると、太陽がギラギラ顔に照りつけ、日陰になってくれる木もなかった。日がくれる前にドロシーとトトとライオンは疲れてしまい、草の上に横になって、木こりとかかしに見張ってもらって眠りに落ちた。

さて、西の国の悪い魔女には目がひとつしかなかったが、その目は望遠鏡みたいに強力で、何もかも見ることができた。というわけで、城の入口に座った魔女が、ふと遠くに目をやると、ドロシーが仲間に囲まれて眠っている姿が見えた。ずっと遠くではあったけれど、とにかく自分の国によそ者が入ってきたことに魔女は腹を立てた。

そこで彼女は、首に下げた銀の笛を吹いた。

たちまち四方八方から、大きな狼が群れをなして走ってきた。みんな脚が長くて、目はギラギラ光り、歯は尖っていた。

「あいつらのところに行って、八つ裂きにしておしまい」魔女は言った。

「奴隷にはなさらないのですか?」狼の首領が訊いた。

「しない」魔女は言った。「一人は体がブリキだし、一人はわら。一人は女の子で一人はライオン。どいつもこいつも役立たずだから、ずたずたに切り裂いてしまってよろしい」

「かしこまりました」狼は言って、全速力で走っていき、ほかの狼たちもあとにつづいた。

　さいわい、かかしと木こりはしっかり目ざめていたから、狼たちがやって来るのを聞きのがさなかった。

「ここはわたしが引きうけた」木こりは言った。「きみはうしろに回ってくれ、わたしが受けて立つから」

　そう言うと木こりは、すごく鋭く研いである斧をつかんで、狼の首領がやって来るとぐいと腕を振って頭を切り落とし、狼はその場で息絶えた。斧を持ちあげたと同時に次の狼がやって来て、これまたするどい刃に斃れた。狼は四十四いたが、一度に一匹ずつ四十四殺されて、ついにはみな、木こりの目の前で屍の山となった。

　木こりが斧を降ろして、かかしのかたわらに腰をかけると、「いい戦いだったね」

とかかしが言った。

翌朝ドロシーが目をさますまで、彼らは待った。もじゃもじゃの狼たちの大きな山を見てドロシーはぎょっとしたが、木こりからてんまつを聞くと、助けてもらった礼を言い、朝食を食べにかかった。それもすむと、ふたたびみんなで先へ進んでいった。

さてこの朝、悪い魔女は城の入口に出て、はるか先まで見える一つ目を遠くに向けた。家来の狼たちがみんな死んでしまい、よそ者どもが相変わらず自分の国を旅しているのを見て、魔女はますます腹を立て、銀の笛を二度吹いた。

たちまち野生のカラスが、空を暗くするほどの群れをなして飛んできた。

そして悪い魔女は、王カラスに言った。「いますぐよそ者どものところに飛んでいけ。目をえぐり取って、ずたずたに裂いてしまえ」

野生のカラスの大きな群れが、ドロシーたちめがけて飛んでいった。それを見てドロシーは怯(おび)えた。

だがかかしが言った。「ここはわたしが引きうけます。わたしの横で伏せていてください。そうすれば怪我はありません」

そこでかかし以外はみんな地面に伏せると、かかしは立ちあがって、両腕をまっすぐ横につき出した。彼を見てカラスたちは怖がった。鳥はかかしを怖がるものだからであり、このカラスたちも近よってはこなかった。ところが、やがて王カラスが言った。

「あれはただのわら人形だ。目をえぐり取ってやる」

王カラスがかかしのもとに飛んでいくと、かかしはカラスの頭をつかまえ、首をねじって息の根をとめた。次にもう一羽飛んできたが、これも首をねじった。カラスは四十羽いて、かかしは四十回首をねじり、とうとうみんな、かかしのかたわらで屍の山となった。もう起きあがっていいよ、とかかしは仲間に呼びかけ、ふたたびみんなで先へ進んだ。

悪い魔女がふたたび遠くに目を向け、家来のカラスが山になって倒れているのを見ると、魔女はかんかんに怒って、銀の笛を三度吹いた。

たちまち空中からぶんぶんという音が聞こえ、黒い蜂が群れをなして飛んできた。

「よそ者どものところに行って、みんな刺し殺してしまえ！」と魔女は命じ、蜂の群れは回れ右してぐんぐん飛んでいき、じきにドロシーたちが歩いているところに着いた。だが、蜂の群れが来るのを木こりは見ていたし、かかしもどうするかをもう決めていた。

「わたしのわらを引き抜いて、ドロシーとトトとライオンの上に撒くんです」とかかしは木こりに言った。「そうすれば蜂に刺されないから」。木こりは言われたとおりにし、ドロシーはライオンとぴったり並んで、トトを抱いて横になり、その体をわらがすっかり覆った。

やって来た蜂たちは、木こりしか刺す相手が見つからなかったので、みんな木こりにぶつかっていってブリキで針を折られ、木こりのほうはなんの傷も被らなかった。針が折れると蜂は生きていけないので、これで黒い蜂たちも一巻の終わりで、その屍が細かい炭の山みたいに木こりのまわりに散らばった。

ドロシーとライオンが立ちあがり、ドロシーも手伝って木こりがわらをかかしの体に戻し、やがてすっかり元どおりになった。こうしてみんなはもう一度先へ進んでいった。

家来の黒い蜂たちが細かい炭みたいに山になったのを見て、悪い魔女はものすごく怒って、足を踏みならし、髪をかきむしりギリギリと歯ぎしりした。やがて魔女は奴隷を十人ばかり呼びよせた。みんなウィンキーだった。魔女は彼らに鋭い槍(やり)を渡し、よそ者のところに行って奴らを滅ぼせと命じた。

ウィンキー種は勇敢な種族ではなかったが、魔女の命令には逆らえなかった。みんなで行進していき、ドロシーのそばまで来た。するとライオンがガオーと吠(ほ)えて飛びかかってきたので、あわれウィンキーたちは肝をつぶし、一目散に逃げていった。

城に戻ってきた彼らを、悪い魔女は革ひもでしこたま打ちすえ、仕事に送りかえした。それがすむと魔女は、次はどうするか腰をすえて考えた。よそ者どもを滅ぼす案がどうしてことごとく失敗したのか、訳がわからなかった。けれど彼女は、悪い魔女であると同時に頭の切れる魔女でもあったので、じき作戦もでき上がった。この黄金の帽子には棚に黄金の、ダイヤとルビーを縁にめぐらした帽子があった。この黄金の帽子には魔法の力があった。これの持ち主は、翼のある空飛ぶ猿たちを三度呼びだすことができて、猿たちはどんな命令にもしたがう。けれど誰であれ、このふしぎな生き物たちに三回を超えて命令することはできない。悪い魔女はすでに、帽子の魔力を二度つかっていた。一度目はウィンキーたちを奴隷にして、この国の女王となったとき。これを空飛ぶ猿たちの助けで実現したのである。二度目は偉大なるオズその人と戦って、オズを西の国から追いだしたとき。これにも空飛ぶ猿たちが手を貸してくれた。ゆえにこの黄金の帽子は、あと一回しかつかえない。だから魔女としても、ほかの手段がすべて尽きてしまうまでつかいたくはなかった。けれどもう、獰猛な狼も、野生のカラスも、刺す蜂もいなくなってしまい、奴隷たちは弱虫のライオンに追いかえされてしまった。ドロシーたちを滅ぼすのに、もはや道はひとつしか残っていなかった。

そこで悪い魔女は、棚から黄金の帽子を出して、頭にかぶった。そして左脚一本で立ち、ゆっくりと言った。

「エプ－ピ、ペプ－ピ、カク－キ！」

次に右脚一本で立ち、言った。

「ヒルーロ、ホルーロ、ハルーロ！」

　その次は両脚で立って、大声で叫んだ。

「ジズージ、ザズージ、ジク！」

　魔法の力が効いてきた。空が暗くなって、ゴロゴロと低い音が響いた。たくさんの翼がバタバタ鳴って、キーキー喋りケラケラ笑う声がして、暗い空から太陽が顔を出し、猿の群れに囲まれた悪い魔女の姿が浮かびあがった。猿はそれぞれ、両肩に巨大なたくましい翼が生えていた。

　一匹、ほかの者たちよりずっと大きい猿がいて、これが統領らしかった。統領は魔女のもとに飛んでいって、「私どもをお呼びになったのは三度目、これが最後です。どんなご用命で？」と訊いた。

「この国に入ってきたよそ者どものところへ行って、ライオン以外みな滅ぼすのだ」と悪い魔女は言った。「ライオンは連れて帰れ。馬のように引き具をつないで、働かせるから」

「かしこまりました」統領は言った。そうして空飛ぶ猿の群れは、キーキー騒々しく喋りながら、ドロシーたちが歩いているところへ飛んでいった。

　猿たちの何匹かはブリキの木こりをつかまえて飛び去り、尖った岩に覆われた地帯の上へ連れていった。猿たちがそこで木こりを手放すと、哀れはるか下の岩まで落ちていった木こりは、体じゅう打ち傷や凹みだらけになって、動くことも呻くこともできなかった。

猿たちのまた何匹かはかかしをつかまえ、長い指でその胴と頭からわらをすべて抜きとった。そして帽子と靴と服を小さな束にまとめ、高い木のてっぺんに投げあげた。

残った猿たちは、がんじょうなロープを何本もライオンのまわりに投げて、その胴、頭、脚にぐるぐる巻きつけたので、ライオンは暴れることも嚙むことも引っかくこともできなくなった。それから猿たちはライオンを持ちあげて飛びたち、魔女の城に連れ帰った。高い鉄の柵をめぐらして逃げられなくした小さな庭に、ライオンは入れられた。

けれどその猿たちも、ドロシーに害を及ぼすことはできなかった。トトを抱きかかえて立ち、仲間一人ひとりの悲しい結末を見守りながら、もうじき自分の番だとドロシーは覚悟していた。と、空飛ぶ猿たちの統領が飛んできた。長い毛むくじゃらの両腕はぴんとつき出され、醜い顔はニタニタおぞましく笑っていた。けれど統領は、よい魔女のキスのしるしがドロシーのおでこにあるのを見てはたと立ちどまり、この子に触るな、とほかの猿たちに合図した。

「この女の子を傷つけてはならん」統領はみんなに言った。「この子は善の力に守られていて、善の力は悪の力より強い。わしらにできるのは、悪い魔女の城にこの子を連れていって、置いてくることだけだ」

というわけで、猿たちはそっとていねいにドロシーを抱えあげ、空をぐんぐん飛んでいって城まで運んでいき、表玄関に降ろした。そして統領は魔女に言った。

「わたくしどもはできるかぎり仰せにしたがいました。ブリキの木こりとかかしは滅ぼし、ライオンは縛って庭に閉じこめました。しかしこの子と、この子が抱いている犬に害を及ぼすことはできません。わたくしども一党に対するあなたの力は、これでおしまいです。もう二度とお目にかかることはありません」

そうして空飛ぶ猿たちは、さんざん笑ったり喋ったり騒ぎながら宙に舞いあがり、じき見えなくなった。

ドロシーのおでこのしるしを見て、悪い魔女は驚き、心配になった。空飛ぶ猿にも、自分にも、この子を傷つけられはしないことがよくわかったからである。それからドロシーの足下に目をやり、銀の靴を見ると、魔女はおびえてぶるぶるふるえ出した。銀の靴に強い魔力が宿っていることも知っていたからである。逃げだそう、と魔女はとっさに思ったが、ふとドロシーの目を見てみると、その目の奥にある心がどこまでも素朴であることがわかった。銀の靴がどれだけ強い力を与えてくれるか、この子は知らないのだ。魔女は内心ほくそ笑んで、「これならこの子を奴隷にしてやれる。何しろこの子は、持っている力の使い方も知らないんだから」と思った。そこで魔女は、きつい、きびしい声でドロシーに言った。

「こっちへ来い。あたしの言いつけをよく聞くのだ。さもないとおまえも、ブリキの木こりやかかしと同じに滅ぼしてやるぞ」

ドロシーは魔女のあとについて、城のなかのきれいな部屋をいくつも抜けていき、やがて台所に着いた。魔女はドロシーに、鍋（なべ）とやかんを洗って床を拭（ふ）いて暖炉の薪を絶やさぬよう言いつけた。

ドロシーは大人しく仕事に取りかかった。一生けんめい働く気だった。魔女が自分を殺さないと決めたようなので、とにかくほっとしていた。

ドロシーがけんめいに働いているので、魔女は次に、中庭へ行って弱虫のライオンに馬みたいに引き具をつけようと思った。どこへ行くにも、ライオンに車を引かせたらきっと愉快だろう。ところが、扉を開けたとたん、ライオンはガオーと吠えて襲いかかってきたので、魔女は恐れをなして飛びだし、外から扉を閉めた。

「お前に引き具をつけられないのなら」と魔女は、扉の横木ごしにライオンに言った。

「飢え死にさせてやる。あたしの言うことを聞くまで、何も食べ物をやらん」

というわけでその後、閉じこめられたライオンに魔女はなんの食べ物も持っていかなかった。毎日正午に扉まで行って、「馬みたいに引き具をつけられる気になったか？」と訊くだけだった。

するとライオンは決まって、「いいや。おまえが入ってきたら嚙みついてやる」と答えた。

ライオンが魔女の言うことを聞かずにすんだのは、毎晩、魔女が眠っているすきに、ドロシーが戸棚から食べ物を出して、届けてやっていたからである。食べ終えると、ライオンはわらの寝床に横たわり、ドロシーも並んで横になって、頭をライオンの柔らかいもじゃもじゃのたてがみに載せて、自分たちの苦しみを語りあい、何とか逃げるすべはないかと思案した。が、城は黄色いウィンキーたちがつねに見張っていて、外に出る道はいっこうに見つからなかった。ウィンキーは悪い魔女の奴隷であり、魔女を心底怖がっていて、言いつけに背けはしないのだ。

ドロシーは毎日さんざん働かされた。魔女は何度も、いつも手に持っている古い傘を見せびらかし、これでたたくぞとおどかした。けれどほんとうは、おでこにあのしるしがあったから、たたく勇気など魔女にはなかった。ドロシーはそんなことは知らず、自分とトトはこれからどうなるんだろうといつもおびえていた。一度、魔女が傘でトトを叩いたことがあった。トトは勇敢にも魔女に飛びかかり、お返しにその足を嚙んだ。嚙まれたところから血は出なかった。あまりに邪な魔女だったので、もう何年も前に血が干上がってしまっていたのである。

カンザスのエムおばさんのもとに帰るのがますます難しくなったことがわかってき

て、ドロシーは日々、ひどく悲しい思いで暮らすようになった。時には何時間も泣きつづけ、トトがその足下に座って彼女の顔をのぞき込み、さも悲しそうにクーンと鳴いて、小さな女主人に同情の念を伝えた。トトとしては、ドロシーといっしょにいられさえすればカンザスでもオズの国でも同じことだったけれど、ドロシーが悲しんでいることはわかったから、それで自分も悲しかった。

さて、悪い魔女は、ドロシーがいつもはいている銀の靴を自分のものにしたくてたまらなかった。蜂とカラスと狼は屍の山となってひからびていき、黄金の帽子の力もつかいつくしてしまった。けれど、銀の靴さえあれば、なくしてしまったもの全部を合わせたより、もっと大きな力が手に入る。ドロシーが靴を脱ぎはしないかと魔女は目を光らせ、脱いだらすぐ盗んでやろうと狙っていた。ところがドロシーはかわいい靴が自慢でしかたなかったから、夜寝るときと、風呂に入るとき以外はぜったいに脱がなかった。魔女は闇をひどく恐れていたので、夜のあいだにドロシーの部屋に忍びこむわけにもいかず、水は闇よりもっと怖かったから、ドロシーが体を洗っている最中も近よれなかった。魔女は絶対に水に触らなかったし、絶対に水が体にかからないよう気をつけていたのである。

だがこの邪な魔女は、おそろしく悪賢かった。とうとう彼女は、望みを叶えるための罠を思いついた。台所の床のまんなかに鉄の棒を置いて、魔法の力で棒が人間の目に見えないようにしたのである。こうして、ドロシーが歩いてくると、見えない棒につまずいてばったり倒れた。大して怪我はなかったが、転んだはずみで銀の靴が片方脱げてしまい、ドロシーが手をのばす間もなく魔女がさっとつかんで、やせこけた自分の足をつっ込んだ。

罠がうまく行って、魔女は大いに気をよくした。靴が片方でもあれば、魔力の半分は自分のものであり、かりにドロシーがその使い方を知っていたとしても、魔女に対してそれを使えはしない。

かわいい靴を片方取られてしまって、ドロシーはひどく腹を立て、「靴、返してよ！」と魔女に言った。

「嫌だね」魔女は言いかえした。「もうこっちのものさ、おまえのじゃない」

「悪い人ね！」ドロシーはさけんだ。「ひとの靴を盗む権利なんか、あんたにないわよ」

「知るもんか、返しやしないよ」魔女はドロシーをあざ笑いながら言った。「そのうちもう片っぽも盗んでやるからね」

こう言われてドロシーはすっかり頭にきて、そばにあった水の入ったバケツを手にとり、魔女に浴びせた。全身がびしょ濡れになった。

魔女はたちまち恐怖の叫び声を上げ、それから、ドロシーが目を丸くして見守るなか、見るみる縮んでいった。

「なんてことするんだ！」魔女はわめいた。「あたしゃもうじき、溶けてしまうよ」

「悪かったわ、ほんとに」ドロシーは言った。魔女が目の前で赤砂糖みたいに溶けていくのを見て、ドロシーも本気でおびえていた。

「知らなかったのかい、水を浴びたらあたしはおしまいだって」魔女は悲痛な声を上げた。

「知るわけないじゃない」ドロシーは答えた。「どうやってそんなことわかるのよ」

「とにかくね、もうじきあたしはすっかり溶けちまう。そうしたらこの城はお前のものさ。あたしも悪いことさんざんやったけど、まさかあんたみたいな小さな女の子に溶かされて、悪行（あくぎょう）も一巻の終わりとはね。ほら――もう消える！」

その一言とともに魔女は倒れて、茶色い、溶けて形もないかたまりと化し、台所の清潔な床板に広がっていった。魔女がほんとうに溶けてしまったのを見て、ドロシーはもう一杯バケツに水をくみ、そのかたまりに浴びせた。それから、その何もかもを台所の外に掃きだした。あとに残った銀の靴を拾いあげると、布で水とよごれを拭きとり、また自分の足にはいた。それから、やっと自由になった身で、中庭に向かってかけ出し、西の国の悪い魔女が滅びたこと、自分たちはもう見知らぬ地の囚（とら）われ人でないことをライオンに知らせに行った。

13 救出

悪い魔女がバケツの水で溶けてしまったと聞いて、弱虫のライオンはたいそうよろこんだ。ドロシーはただちにライオンの牢のかぎを開け、外に出してやった。そしていっしょにお城へ戻ると、まずウィンキーたちを全員あつめて、あなたたちはもう奴隷ではないと伝えた。

黄色いウィンキーたちは大よろこびした。なにしろ長年、悪い魔女にさんざんこきつかわれて、いつもひどく残酷にあつかわれていたのである。彼らはこの日を今後もずっと休日にすることに決め、ごちそうを食べたり踊ったりしてすごした。

「これであと、わたしたちの友だちのかかしとブリキの木こりがいっしょだったら、もう言うことないんですけどねえ」ライオンが言った。

「なんとか救いだせないかしら？」ドロシーが切なげに訊いた。

「とにかくやってみましょう」ライオンは答えた。

というわけで黄色いウィンキーたちを呼んで、友だちを救うのを手伝ってもらえないかとドロシーが頼んでみると、できることは何でもよろこんでやります、あなたはわたしたちを奴隷の身から解放してくださったんですから、と答えが返ってきた。そこでドロシーは、なかでもかしこそうなウィンキーを何人かえらんで、彼らを連れて出かけた。その日一日歩みつづけ、次の日もあるていど歩いたところで岩だらけの平原に出ると、ブリキの木こりが、体じゅう凹んで折れまがった姿で倒れていた。斧もそばにあったけれど、刃は錆びて、柄もぽっきり折れていた。

　ウィンキーたちは木こりをそっと持ちあげ、黄色い城に運んでいった。友のみじめなありさまに、ドロシーは歩きながら思わず涙ぐみ、ライオンも神妙な、気の毒そうな顔をしていた。城に着くと、ドロシーはウィンキーたちに言った。

「あなたたちのなかに、ブリキ職人はいる？」

「はい、おりますとも。ずいぶん腕のいいのがいますよ」

「じゃ連れてきてちょうだい」ドロシーは言った。ブリキ職人たちがかごに道具をひとそろい入れてやって来ると、こう訊いてみた。「このブリキの木こり、体じゅうのでこぼこを元どおりにして、こわれたところははんだ付けしてほしいの。できるかしら？」

　ブリキ職人たちは木こりを全身じっくりながめてから、新品同様になおせると思います、と答えた。かくして彼らは、城にいくつもある大きな黄色い部屋のひとつで仕事にかかり、三日と四晩作業をつづけ、ブリキの木こりの脚や胴や頭を槌で打ち、ひねり、曲げ、はんだ付けし、みがき、たたいた。ついに木こりは、ちゃんと元どおりの姿に戻って、関節もたいへんなめらかに動くようになった。まあたしかに、ところどころ継ぎはあったけれど、その仕事もていねいだったし、木こりは見栄っぱりではなかったので、ぜんぜん気にしなかった。

木こりがドロシーの部屋に入ってきて、助けてくれた礼を言った。あまりのうれしさに木こりが泣きだしたものだから、ドロシーは関節が錆びないよう、エプロンで涙を一滴一滴顔から拭きとってやらないといけなかった。と同時にドロシー自身も、友にまた会えたうれしさにさめざめと涙を流したが、こちらは拭きとる必要もなかった。いっぽうライオンは、しっぽの先で何度も何度も目をぬぐったので、しっぽがすっかり濡れてしまい、中庭に出て、ひなたにかざして乾かさないといけなかった。

「これであと、かかしがいっしょだったら、もう言うことないんだけどなあ」と、ドロシーから一部始終を聞きおえたところでブリキの木こりが言った。

「みんなで探しにいかなくちゃ」ドロシーが言った。

そこで彼らはウィンキーたちに助けをもとめ、その日一日歩きつづけ、次の日もあるていど歩いたところで、空飛ぶ猿たちがかかしの服を投げあげた、高い木のところまで来た。

それはすごく高い木で、幹はつるつるで、誰にも登れなかった。けれど木こりがすぐさま言った。「わたしが伐りたおします。それからみんなでかかしの服を探しましょう」

さて、ブリキ職人たちが木こりを修繕していた最中、金細工師のウィンキーが純金を使って斧の柄を作り、折れてしまった元の柄のかわりに、木こりの斧に据えつけてくれていた。また、ほかの者たちが斧の刃をみがくと、錆がすっかりなくなって、艶出しした銀みたいにぴかぴかになった。

木こりはすぐ伐りにかかり、ほどなく、大きな音を立てて木が倒れると、かかしの服が枝から落ちて地面に転げ出た。

ドロシーが服を拾いあげ、ウィンキーたちに城まで運んでもらって、新しいきれいなわらを中に詰めると、見よ！　すっかり元どおりになったかかしが、助けてくれてありがとう、と何度も何度も礼を言っていた。

こうしてまたみんないっしょになって、ドロシーとその仲間たちは、黄色い城で何日か楽しくすごした。城には必要なものは何もかもそろっていて、この上なく快適だった。

ところがある日、ドロシーはエムおばさんのことを思い出して、「オズのところに戻らなくちゃ。約束してくれたことを、やってもらうのよ」と言った。

「そうだ」木こりは言った。「これでやっと心臓がもらえる」

「わたしは脳味噌がもらえる」かかしがうれしそうに言いたした。

「わたしは勇気がもらえる」ライオンがしみじみと言った。

「あたしはカンザスに帰れるのよ」ドロシーが手をぱんとたたいて言った。「あした出発しましょうよ、エメラルドの街に！」

それで決まりだった。翌日、彼らはウィンキーたちをあつめて別れを告げた。ドロシーたちが行ってしまうと聞いて、ウィンキーたちは残念がった。とりわけ、ブリキの木こりをウィンキーたちはたいへん慕うようになっていたので、ここにとどまって西の黄色い国の支配者になってほしいと頼みこんだ。ドロシーたちの気持ちがゆるがないとわかると、ウィンキーたちはトトとライオンに、それぞれ金の首輪をくれた。ドロシーにはダイヤモンドをはめこんだきれいなブレスレットをプレゼントしてくれて、かかしには、転ばないようにと、金の握りがついた杖(つえ)を贈った。ブリキの木こりは、金をはめ込み宝石をちりばめた銀の油さしをもらった。

ドロシーたちは一人ひとり、立派なあいさつの言葉をお返しに贈り、腕が痛くなるまでウィンキーみんなと握手した。

道中の食料をバスケットに詰めようと、ドロシーが魔女の棚に行くと、そこに黄金の帽子があった。かぶってみると、ぴったりのサイズだった。黄金の帽子の魔力のことは何も知らなかったけれど、とにかくきれいだと思ったので、こっちをかぶって、日よけ帽のほうはバスケットに入れていくことにした。

こうして旅の支度もととのい、みんなはエメラルドの街へ向かって歩きだした。ウィンキーたちは万歳三唱し、口々に彼らの無事を祈った。

14　空飛ぶ猿たち

悪い魔女のお城と、エメラルドの街とのあいだには道がなかったこと、小道一本なかったことをみなさんはおぼえているだろうか。以前、四名の旅人が魔女を探しに行ったときは、彼らが来るのを魔女のほうが見てとり、自分のもとに連れてくるよう、空飛ぶ猿たちを送りだしたのだった。そうやって運ばれてきたのに較べると、キンポウゲやあざやかな色のヒナギクが咲きみだれる広い野原を通っていくのは、もっとずっと難儀だった。もちろん、まっすぐ東、お日さまの出るほうに行かないといけないことはみんなわかっていたし、じっさいはじめは、ちゃんと東に向かっていた。ところが、正午に至り、太陽が頭上にのぼったころには、どっちが東でどっちが西かもわからなくなってしまい、広い野原のただなかで、彼らは迷子になってしまった。だがそれでも歩きつづけると、夜になり月が出て、あたりをあかるく照らしてくれた。そこでみんなで、かぐわしい香りのする紅の花に埋もれて横たわり、朝までぐっすり眠った——かかしとブリキの木こり以外は。

次の朝彼らは、お日さまは雲のかげにかくれていたものの、どっちへ行ったらいいかちゃんとわかっているみたいな顔で歩きだした。

「どんどん歩いていけば、そのうちきっとどこかに着くと思うわ」ドロシーは言った。

ところが一日また一日とすぎても、目の前にはあいかわらず、紅の野原しか見えなかった。かかしがすこし不平をもらしはじめた。

「わたしたち、どう考えても迷子になったんです」かかしは言った。「早く道を見つけてエメラルドの街に着かないと、わたし、脳味噌がもらえなくなってしまいます」

「わたしも心臓がもらえなくなる」ブリキの木こりが言った。「一刻も早くオズのところに行きたいのに、これってものすごく長い道のりですよね」

「そうですよ」弱虫のライオンがなさけない声で言った。「どこにもたどり着かないんじゃ、いつまでもてくてく歩く心意気、わたしにはありませんよ」

とうとうドロシーまで元気をなくしてしまった。芝生に座りこんで仲間たちのほうを見ると、仲間たちも座りこんでドロシーを見た。トトは生まれてはじめて、あまりに疲れているせいで頭のそばを飛んでいく蝶を追いかける気力も出なかった。代わりに、これからどうしたらいいのかと問うみたいに、舌を出してハアハア言いながらドロシーを見た。

「野ネズミたちを呼んだら」と、ドロシーは言ってみた。「エメラルドの街へ行く道、教えてくれるんじゃないかしら」

「そうですとも」かかしがさけんだ。「わたしたち、どうしてもっと早く思いつかなかったんでしょう？」

野ネズミの女王にもらってから、ずっと首にかけていた小さな笛をドロシーはピューッと吹いた。何分もしないうちに、小さな足がぱたぱた音を立てるのが聞こえ、小さな灰色のネズミがぞくぞくドロシーのもとに駆けてきた。そのなかにほかならぬ女王もいて、小さなキーキー声でこうたずねた。

「わたくしのお友だちに、何をしてさし上げられるでしょう？」

「あたしたち、迷子になっちゃったの」ドロシーは言った。「エメラルドの街はどこにあるか、教えてもらえる？」

「もちろんですとも」と女王はこたえた。「でもひどく遠いですよ。何しろあなたが、ずっと反対の方角に歩いていらしたんですから」。それから女王は、ドロシーがかぶっている黄金の帽子に目をとめて、こう言った。「その帽子の魔法をおつかいになって、空飛ぶ猿たちを呼びよせたらいかがです？　一時間もしないうちに、オズの街まで運んでくれますよ」

「知らなかったわ、この帽子に魔法の力があるなんて」ドロシーはびっくりして言った。「どういう魔法なの？」

「黄金の帽子の内側に書いてあります」野ネズミの女王は答えた。「でも空飛ぶ猿たちをお呼びになるなら、わたくしたちは逃げないといけません。猿たちはひどいいたずらもので、わたくしたちをいじめてさんざ面白がるのです」

「あたしもいたずらされたりしないかしら？」ドロシーは心配そうにたずねた。

「いいえ、とんでもない。帽子をかぶっている方には、ぜったいしたがうのです。ではさようなら！」。そうして女王はさっと姿を消し、ほかのネズミたちもあわててあとを追っていった。

ドロシーが黄金の帽子の内側を見てみると、裏地に何か字が書いてあった。これがきっと魔法の呪文(じゅもん)だわ、とドロシーは思い、じっくり読んでから、ふたたび帽子をかぶった。

「エプ－ピ、ペプ－ピ、カク－キ！」とドロシーは、左足一本で立って言った。

「なんて言ったんです？」かかしが、さっぱり訳がわからないという顔で訊(き)いた。

「ヒル－ロ、ホル－ロ、ハル－ロ！」とドロシーはさらに、今度は右足一本で立って言った。

「ハロー！」ブリキの木こりが平然と答えた。

「ジズ－ジ、ザズ－ジ、ジク！」と、今度は両足で立ってドロシーが言った。こうして魔法の呪文をとなえ終えると、ぺちゃくちゃやかましい声と、翼がはばたく音が聞こえて、空飛ぶ猿の一団が飛んできた。猿の王がドロシーに向かって深々とお辞儀し、たずねた。

「いかなるご用命で？」

「あたしたち、エメラルドの街に行きたいの」ドロシーは言った。「それが迷子になっちゃって」

「運んでさし上げます」王は答え、そう言い終える間もなく二匹の猿がドロシーをつかんで飛びたった。ほかの猿たちも、かかし、木こり、ライオンをつかみ、一匹の小さな猿はトトをひっつかんで、トトが必死に噛みつくのにもめげず仲間のあとを追って飛んでいった。

以前この空飛ぶ猿たちにひどい扱いを受けたことをおぼえていたので、かかしとブリキの木こりははじめすこしおびえていたが、害をくわえる気が猿たちにないとわかると、すっかり晴ればれした気持ちになって空を飛んでいき、はるか眼下の、きれいな花園や森のながめをぞんぶんに味わった。

ドロシーも一番大きな猿二匹にはさまって——一匹はほかならぬ王だった——ゆうゆうと飛んでいった。猿たちは手を椅子のように組んで、ドロシーが痛くないよう気をつかってくれた。

「あなたたち、どうして黄金の帽子の魔法にしたがわないといけないの？」ドロシーは訊いた。

「長い話なのです」王が笑いながら答えた。「ですが、まだ先は長いですし、よろしければ時間つぶしにお話しいたしましょう」

「ぜひお願いするわ」ドロシーは言った。

「昔むかし」王は語りだした。「わたくしどもは自由な民で、大きな森でたのしく暮らしておりました。木から木へと飛びうつり、木の実や果物を食べ、誰を主人と呼ぶこともなく好き勝手にふるまっておりました。まあなかには、時に少々いたずらがすぎる者もおり、地上に降りて翼のない動物のしっぽを引っぱったり、鳥を追いかけまわしたり、森を歩く人間に木の実を投げつけたりしておりました。でもわたくしどもはなんの心配ごともなく、毎日しあわせに、面白おかしくすごしておりました。ずっと昔の、オズが雲から降りてきてこの国を支配するようになる前のことです。

そのころ、この北の地に、美しいお姫さまが住んでおりました。お姫さまは強力な魔法使いでもありました。その魔法はすべて、民たちを助けるためにつかわれ、善良な者に害をおよぼすようなことはけっしてありませんでした。名はゲイレットといって、大きなルビーでできたりっぱな宮殿に住んでおりました。誰もがお姫さまを愛しておりましたが、お姫さまが何より悲しんだことに、ご本人は誰ひとり、愛を返したい人が見つかりませんでした。かくも美しくて賢い人と連れそうには、どんな男もおよそ愚かすぎ、醜すぎたのです。けれどやがて、ハンサムで雄々しくて、まだ幼いのにとても賢い男の子が見つかりました。この子が大人になったら夫にしようと決めて、ゲイレットは男の子をルビーの宮殿に連れていき、魔法の力をありったけつかって、彼をどんな女性が夢みるよりもっとたくましく、善良に、美しく仕立てあげました。クエララという名のこの男の子が大人になると、国中で誰より善良な賢者だとみなが言い、雄々しい美しさも並はずれておりました。ゲイレットはクエララを心から愛し、婚礼の準備を急ぎました。

当時わたくしの祖父は、ゲイレットの宮殿のそばの森で暮らしていた空飛ぶ猿たちの王で、三度の飯より悪ふざけが好きな猿でした。婚礼の日も間近にせまったある日、祖父が手下の一団を引きつれて空を飛んでおりますと、クエララが川べりを歩いているのが目に入りました。ピンクの絹、紫のビロードからなる豪奢な衣裳を着たクエララを見て、ひとつちょっかいを出してやろうと祖父は思いたちました。祖父に命じられて一団は地上に舞い降り、クエララをつかまえて、川のまんなかの上空まで抱えていき、水のなかに落としてしまいました。

『泳げるものなら泳いでみな』と祖父はさけびました。『そのきれいな服、水に濡れてどうなるか、拝見しようじゃないか』。クエララはむろん、泳ぎもせず手をこまねいているような馬鹿者ではありませんし、恵まれた暮らしをしていても、すこしも甘やかされてはおりませんでした。水面に浮かびあがると、ゆかいそうに笑って、岸へ向かって泳いでいきました。ところが、ゲイレットが彼のもとにかけ寄っていくと、絹もビロードも、川の水に濡れて台なしになっておりました。

お姫さまは腹を立てました。誰のしわざか、もちろんわかっています。空飛ぶ猿たち全員を連れてこさせて、はじめは、おまえたちの翼を縛って同じように川に放りこんでやると息まいていました。けれどわたしの祖父は、それだけはごかんべんを、と必死に頼みこみました。翼を縛られて川に落とされたら、わたくしどもはおぼれ死んでしまうのです。クエララも親切に口ぞえしてやりました。それでやっとゲイレットも折れてくれました。ただし、条件がひとつ。空飛ぶ猿たちは、今後いつまでも、黄金の帽子の持ち主の言いつけに三度したがわねばならない。これはクエララへの結婚の贈り物としてつくられた帽子で、これをつくるために、お姫さまは王国の領地半分を手放したと言われております。もちろん祖父もほかの猿たちも、この条件を即座に受けいれました。そういうわけで、黄金の帽子の持ち主が誰であれ、わたくしどもは三度にわたってその方の奴隷なのです」

「で、それからどうなったの？」と、お話にすっかり引きこまれたドロシーはたずねた。

「黄金の帽子のさいしょの持ち主はクエララでしたから」猿は答えた。「わたくしどもに向けて願いごとを口にしたのも、クエララがさいしょでした。花嫁がわたくしどもを見るのも嫌だと言っているので、クエララは結婚式がすんでからわたくしどもを全員森に呼びだし、妻がけっしておまえたち翼ある猿の姿を目にすることのないよう、つねに離れてくらせと命じました。わたくしどもとしても異存はありませんでした。わたくしどもはみな、彼女のことをおそれていましたから。

はじめはそれだけですんでいたのですが、やがて黄金の帽子が西の国の悪い魔女の手にわたってしまい、魔女はわたくしどもに命じて、まずウィンキーたちを奴隷にし、それからオズその人を西の国から追いだしてしまったのです。そしていま、黄金の帽子はあなたさまの持ち物となり、あなたさまは三度、わたくしどもに願いごとをなさる権利をお持ちなのです」

猿の王が話しおえたところで、ドロシーが下を見てみると、エメラルドの街を囲む、きらきら光る緑の壁が前方に広がっていた。猿たちの速さにドロシーはおどろいてしまったが、目的地にたどり着いたのはうれしかった。奇妙な猿どもがドロシーたちをそっと街の門の前で下ろすと、王はドロシーにふかぶかとお辞儀して、またたく間に飛びさり、手下の猿たちもみなあとにつづいた。

「気持ちよかったわね」ドロシーは言った。

「そうですね。難局からもあっさり抜けだせましたし」ライオンが答えた。「ほんとに幸いでしたよ、あなたがそのすばらしい帽子を持っていくことにして！」

15　恐ろしきオズの真実

旅人四名はエメラルドの街の大きな門まで歩いていって、呼び鈴を鳴らした。何度か鳴らしてやっと門が開き、前に会ったのと同じ門番があらわれた。

「なんと！　また来たのか？」門番はびっくりして言った。

「わたしたちのこと、見えないんですか？」かかしがたずねた。

「おまえたち、西の国の悪い魔女のところに行ったと思ってたんだが」

「行きましたよ」かかしが言った。

「で、帰らせてもらえたのか？」相手は目を丸くして訊いた。

「帰らせるしかなかったですよ、溶けちまったんですから」かかしが説明した。

「溶けちまった！　そいつはいい知らせだ、実に」門番は言った。「誰が溶かしたんだね？」

「ドロシーです」ライオンが重々しく言った。

「こいつぁおどろいた！」門番はさけんで、ドロシーに向かって、おでこが地面にくっつくくらいふかぶかとお辞儀をした。

門番はそれから、一行を部屋に通し、大きな箱に入れてあるめがねをめいめいにかけさせて、このあいだと同じように鍵をかけた。それからみんなで、エメラルドの街に入る門をくぐり抜けた。この方々が西の国の悪い魔女を溶かしたのだ、と門番から聞かされると、人々は旅人たちのまわりに集まってきて、オズの宮殿までぞろぞろついて来た。

緑のほおひげを生やした兵士が今度も扉の番をしていたが、今回はすぐ中に入れてくれた。美しい緑色の少女に一行はふたたび出迎えられ、すぐまたこのあいだの部屋にそれぞれ通されて、偉大なるオズが彼らと会う準備がととのうまで一休みすることになった。

ドロシーたち旅人が悪い魔女を滅ぼして戻ってきたという知らせを、兵士は部下に命じてすぐさまオズに伝えさせたが、オズはなんの返事もよこさなかった。偉大なる魔法使いがすぐにでも呼んでくれるものとみんな思っていたのに、何も言ってこない。次の日も、その次の日も、そのまた次の日も、まだ何も言ってこなかった。待つのは退屈だし、疲れるものである。みんなはだんだんイライラしてきた。あんな辛い仕事に行かせておいて、こんな扱い、いくらなんでもひどすぎる。そこでかかしがとうとう、緑色の女の子にもう一度オズへのことづてを頼んだ。すぐ会ってくれないなら、空飛ぶ猿たちを呼びだしてあなたがほんとうに約束をまもってくれる気があるのかたしかめる、と。この伝言を受けとると、さすがの魔法使いもふるえ上がって、翌朝九時四分すぎに謁見室に来るよう一行に言ってきた。西の国で一度、空飛ぶ猿たちに会ったことがあって、もう二度と会いたくないと思っていたのである。

四名の旅人はそれぞれ、オズが約束してくれた贈り物のことを考えながら、眠れぬ夜をすごした。ドロシーも一度寝入っただけだったし、そのときもカンザスに帰った夢を見た。あんたが帰ってきてほんとうにうれしいよ、とエムおばさんが言っていた。

翌朝、九時きっかりに、緑のほおひげを生やした兵士が迎えにきて、四分後、一行は偉大なるオズの謁見室に入っていった。

四名とも、魔法使いがとうぜんこのあいだと同じ姿をしているものと思っていたから、部屋じゅう見回して誰も見えないので、すっかりおどろいてしまった。彼らは扉から離れようとせず、たがいにだんだん身を寄せあっていった。からっぽの部屋の静けさは、いままで見たどのオズの姿より恐ろしかったのである。

まもなく、声が聞こえてきた。大きな丸天井のてっぺん近くから発しているように思えるその声は、こういかめしく言った。

「わたしはオズ、偉大にして恐ろしき者である。なぜわたしに会おうとする?」

みんなもう一度、部屋じゅう見てみたが、やっぱり誰の姿も見えないので、ドロシーが「どこにいらっしゃるんですか?」と訊いてみた。

「わたしはあらゆるところにいる」声は答えた。「だがふつうの人間の目には見えない。これから玉座に座るから、話したいことがあらば話すがよい」。じっさい、今度はたしかに声も、玉座そのものから発しているように聞こえた。そこで彼らは玉座のほうに歩いていって、一列に並んで立ち、ドロシーが言った。

「約束を果たしていただきに参りました、オズよ」

「なんの約束だ?」オズはたずねた。

「悪い魔女を退治したら、わたしをカンザスへ送りかえしてくださると約束なさいました」

「わたしには脳味噌をくださると約束なさいました」かかしが言った。

「わたしには心臓をくださると約束なさいました」ブリキの木こりが言った。

「わたしには勇気をくださると約束なさいました」ライオンが言った。

「悪い魔女をほんとうに退治したのか?」声はたずねた。声が少しふるえているようにドロシーには思えた。

「はい」ドロシーは答えた。「バケツ一杯の水で溶かしてしまいました」

「そうなのか」声は言った。「なんと急な話! 明日また来なさい、わたしには考える時間が必要だから」

「あんた、考える時間ならもうさんざんあったじゃないか」ブリキの木こりが怒って言った。

「わたしたち、もうあと一日だって待ちませんよ」かかしが言った。

「約束まもってくれなくちゃ！」ドロシーがさけんだ。

ここはひとつ魔法使いをおどかしてやれと、ライオンが大きな、堂々たる声で吠えた。あまりに恐ろしい声だったものだから、トトはびっくりして逃げていき、隅に立ててあったつい立てにつまずいてしまった。がしゃんと音を立ててつい立てがくずれたので、みんなそっちのほうを向くと、次の瞬間、誰もが唖然としていた。つい立てに隠されていたまさにその場所に、はげ頭でしわだらけの顔をした小男の老人が、同じくらい仰天した様子で立っていたのである。ブリキの木こりが斧を持ちあげ、小男にかけ寄っていって、「おまえは誰だ？」とさけんだ。

「わたしはオズ、偉大にして恐ろしき者である」小男はふるえ声で言った。「斧はかんべんしてくれ――頼む――なんでも言うとおりにするから」

一同はびっくりして、そしてがっかりして、小男を見た。

「オズって大きな頭かと思ってたわ」ドロシーが言った。

「わたしは美しいご婦人と思ってました」かかしが言った。

「わたしは恐ろしい野獣かと」ブリキの木こりが言った。

「わたしは火の玉と思ってました」ライオンがさけんだ。

「いいえ。みんなちがいます」小男は弱々しい声で言った。「わたし、ごまかしてたんです」

「ごまかしてた⁉」ドロシーが声をはり上げた。「あなた、偉大なる魔法使いじゃないの？」

「お静かに、お嬢さん」相手は言った。「そんなに大声出さないでくださいな、人に聞こえてしまいます。そうしたらわたしは破滅です。わたし、偉大なる魔法使いってことになってるんですから」

「そうじゃないの？」ドロシーはたずねた。

「ぜんぜんちがいます。ごくふつうの人間です」

「それだけじゃない」かかしが恨めしげに言った。「あんたはおまけにペテン師だ」

「そのとおり！」小男は言いはなち、なんだか気をよくしたみたいに両手をすりあわせた。「わたし、ペテン師なんです」

「でもこれってあんまりですよ」ブリキの木こりが言った。「わたし、どうやって心臓を手に入れたらいいんです？」

「わたしはどうやって勇気を？」ライオンが言った。

「わたしはどうやって脳味噌を？」かかしが悲痛な声を上げ、目の涙を上着のすそでぬぐった。

「みなさん」オズは言った。「どうかそういう、ささいな話はよしていただきたい。

わたしの身にもなってください。こうやって正体がばれてしまって、どれほど厄介なことになったか」

「あなたがペテン師だってこと、ほかに誰も知らないの？」ドロシーがたずねた。

「あなたがた四人だけです。それとわたし自身」オズは答えた。「もうずっと長いことみんなをだましてきたものだから、もうぜったいばれない気になってましたよ。そもそもあなたがたを謁見室に通したのが大きな間違いでした。ふつうは部下にだって会わないから、みんなわたしのこと、何か恐ろしい存在だと思いこんでるんです」

「でも、わからないわ」ドロシーが面喰らって言った。「どうしてあたしには、あなたが大きな頭に見えたの？」

「トリックです」オズは答えた。「こちらへどうぞ、すべてお話しします」

オズはみんなを連れて、謁見室の奥の小部屋に入っていった。部屋の片隅をオズが指さすと、そこに大きな頭が横たわっていた。紙を何重にも重ねてできていて、顔にはていねいに色が塗ってあった。

「これを針金で天井から吊すんです」オズは言った。「わたしがつい立てのうしろに立って、ひもを引っぱって、目を動かし口を開けるんです」

「でも声は？」ドロシーが訊いた。

「わたしね、腹話術ができるんです」小男は言った。「で、自分の声をどこでも好きなところに送れるんです。それであなたも、頭から出てると思われたわけです。ほかにもこんなトリックを使ったんです」。そう言ってかかしには、美しいご婦人になったときに使ったドレスとお面を見せ、ブリキの木こりには、恐ろしい野獣が実は、動物の皮をたくさん縫いあわせて、細い板で腕や脚を両横に張りださせただけであることを明かした。火の玉はといえば、これも天井から吊したのだった。ほんとうはただの綿の玉だが、油をそそぐと、勢いよく燃えるのである。

「ほんとにあなた、はずかしくないんですか」かかしが言った。「なんてひどいペテン師だ」

「ええ、恥じております——ほんとに恥じてます」小男は悲しげに言った。「でもこれしかやりようがなかったんです。お座りください、椅子はたっぷりありますから。わたしの身の上をお聞かせします」

というわけでみんなは腰を下ろし、男の物語に耳をかたむけた。

「わたしはオマハに生まれまして——」

「あら、カンザスから近いじゃない！」ドロシーがさけんだ。

「はい。でもここからは遠いです」悲しそうな目でドロシーを見ながら、男は首を横に振った。「大人になると、腹話術師をこころざしまして、大家の先生について、一流の訓練を受けました。わたし、どんな鳥でも獣でもまねられるんです」。そう言って仔猫そっくりにニャァと鳴いたものだから、トトがぴんと耳をそばだて、猫はどこかとあたりをきょろきょろ見回した。「しばらくするとそれも飽きて、今度は気球師になりました」とオズは言った。

「なあに、それ？」ドロシーはたずねた。

「サーカスの日に、気球に乗って空に上がるんです。そうやって人を集めて、サーカスに来てもらうんです」

「あ、それなら知ってる」ドロシーは言った。

「それである日、気球に乗って空に上がったら、ロープがもつれて、下りられなくなってしまいました。雲よりずうっと高いところまで上がって、あんまり高く上がったんで気流にぶつかってしまい、何マイルも何マイルも運ばれていったんです。まる一昼夜、空を飛んでいって、次の日の朝に目をさますと、気球は見知らぬ美しい国の上をただよっておりました。

やがて気球は少しずつ下りていって、わたしは怪我ひとつなく着陸しました。見知らぬ人々に取りかこまれまして、どうやらみんな、わたしが雲から下りてきたものだから、偉大なる魔法使いだと思いこんだようでした。もちろんわたしも、そう思わせておきました。なにしろみんなわたしのことを怖がって、なんでも言うことを聞きますと約束したんですから。

ほんの面白半分、この善良な連中に余計な暇を与えないようにと、街と宮殿の建設をわたしは命じました。みんなよろこんではたらいて、立派な仕事をしてくれましたよ。そしてわたしは、ここは緑が豊かで美しいので、エメラルドの街と名づけて、名前にもっと合うようにと、住民全員に緑のめがねをかけさせて、何もかも緑色に見えるようにしたんです」

「でもここにあるものって、みんな緑色なんじゃないの？」ドロシーが訊いた。

「いいえ、よその街と同じです」オズが答えた。「でも緑のめがねをかけると、もちろん何を見ても緑に見えるわけです。エメラルドの街が建ったのはもう何十年も昔のことです。気球に乗ってここに流れついたとき、わたしもまだ若かったですからね。いまじゃもう、すっかり年よりです。でもわたしの民は、長年緑のめがねをかけてきたものだから、大半の人間は、ここがほんとうにエメラルドでできた街だと思ってるんです。まあたしかに美しい街ではあります。宝石や貴金属が一杯あって、人をしあわせにするのに必要なものはなんでもふんだんにある。わたしは民にとってよき支配者だったし、彼らに好かれてもいます。でも、この宮殿ができ上がって以来、中にこもって、誰にも会わずにすごしてきたのです。

わたしがひどく恐れたもののひとつが、魔女たちでした。わたしには魔法の力なんか何もないのに、魔女たちにはほんとうにすごい力があることがじきにわかったからです。この国には魔女が四人いて、北、南、東、西の民をそれぞれ支配していました。さいわい、北と南の魔女はよい魔女で、わたしに害をおよぼしたりしないとわかっていましたが、東と西の魔女は恐ろしく邪悪で、わたしのほうが自分たちより強いと思いこんでいたからいいようなものの、そうでなかったら、きっとわたしを滅ぼしたことでしょう。じっさいのわたしはといえば、何年ものあいだ、魔女たちのことを死ぬほど怖がってくらしておりました。ですから、あなたのお宅が東の国の悪い魔女の上に落ちたと聞いて、わたしがどんなによろこんだか、お察しいただけるでしょう。そうしてあなたがたがここへいらして、わたしとしては、もう一人の魔女をやっつけてもらえるなら、なんだって約束する気だったのです。けれど、魔女を溶かしてくださったいま、おはずかしいことに、わたしには約束を果たす力がないのです」

「あなたってすごく悪い人だと思うわ」ドロシーが言った。

「いえいえ、お嬢さん。わたしはすごくいい人間なのです。でもすごくだめな魔法使いではあります。それは認めます」

「わたしに脳味噌、くださらないんですか?」かかしが訊いた。

「あなたには必要ありませんよ。あなた毎日、何かしら学んでらっしゃるじゃありませんか。赤ん坊には脳味噌がありますが、大したことは知ってやしません。知恵は経験によってのみもたらされます。そしてこの世に長くいればいるほど、間違いなく経験も増すのです」

「そりゃまあ、そうかもしれませんけど」かかしは言った。「それでもやっぱり、脳味噌がもらえないと、わたし、すごく悲しいですよ」

　にせの魔法使いは、かかしの顔をしげしげと見た。

「ふうむ」オズはため息をついた。「もう言ったとおり、わたしには大した魔法もできませんが、明日の朝いらしてくださったら、あなたの頭に脳味噌を詰めてさし上げます。でもその使い方までは教えられません。それは、ご自分で見つけていただかないと」

「ありがとう、ほんとにありがとう！」かかしはさけんだ。「ご心配なく、使い方はきっと見つけます！」

「で、わたしの勇気は？」ライオンが不安そうに訊いた。

「あなたきっと、たっぷり勇気をお持ちですよ」オズは答えた。「あなたに必要なのは自信だけです。危険を前にして、怖がらない生き物はありません。ほんとうの勇気とは、怖くても危険と向きあうことであって、そういう勇気を、あなたはふんだんにお持ちなのです」

「まあそうかもしれませんけど、それでもやっぱり怯（おび）えてしまうんです」ライオンは言った。「怖いってことを忘れられるような勇気がもらえないと、わたし、ほんとにすごく悲しいですよ」

「よろしい。そういう勇気、明日さし上げます」オズは答えた。

「わたしの心臓は？」ブリキの木こりが訊いた。

「あ、それについては」オズは答えた。「そういうのを欲しがるのは間違ってると思いますよ。たいていの人は、心があるせいでふしあわせになってるんですから。あなたはご存じなくとも、そんなもの、なくてほんとに幸いなんですよ」

「それは意見がわかれるんじゃないかなあ」ブリキの木こりは言った。「とにかくわたしとしては、心臓さえいただければ、どんなふしあわせも、文句ひとつ言わずに我慢しますよ」

「よろしい」オズは弱々しい声で答えた。「明日おいでなさい、心臓をさし上げます。長年、魔法使いのふりをしてきたんだから、もうちょっとつづけてもいいでしょう」

「それで、あたしはどうやってカンザスに帰れるの？」ドロシーが言った。

「それについては考えないとね」小男は言った。「二、三日時間をください。あなたを砂漠の向こうまで運ぶ方法を検討しますから。ひとまずみなさん、わたしのお客さまとしておすごしください。宮殿にいらっしゃるあいだは、わたしの民がみなさんにお仕えし、どんなお望みにも応じます。ひとつだけ、お返しにご協力をお願いしないといけません。大したお願いではありません。わたしの秘密をまもってください——

わたしがペテン師だってこと、誰にも言わないでください」

　今日知ったことは何も言わないとみんなは約束し、上機嫌でそれぞれの部屋に帰っていった。ドロシーすら、「偉大なる恐ろしきペテン師」が自分をカンザスに送りかえす道を見つけてくれるものと胸をふくらませていた。それさえ見つけてくれれば、何もかも許してあげる気だった。

16　大いなるペテンのマジック

翌朝、かかしが仲間たちに言った。

「おめでとうって言ってくださいよ。わたしとうとう、オズのところへ行って脳味噌をもらうんです。帰ってきたら、ほかの人たちと同じになってますよ」

「わたし、いままでずっと、そのままのあなたが好きだったわ」ドロシーがすなおに言った。

「かかしを好いてくれるのはありがたいですが」かかしは答えた。「でもわたしの新しい脳味噌が、すばらしい考えをつぎつぎくり出すのを聞いたら、きっとわたしのこと、もっと偉いと思ってくださいますよ」。そうしてかかしは、行ってきます、とあかるい声でみんなに告げ、玉座室に行って、扉をこんこんたたいた。

「お入り」

かかしが中に入ると、小男は窓辺に座って、深く考えこんでいた。

「脳味噌をいただきに参りました」かかしは少し不安な思いで言った。

「ああ、そうだったな。どうぞ、そこへ座りなさい」オズは答えた。「すまんがきみの頭を外させてもらうよ。脳味噌をしかるべき場所に入れるには、そうするしかないんだ」

「いいですとも」かかしは言った。「もっとよくして戻してくださるんでしたら、いくらでも外してくださってけっこうです」

そこで魔法使いはかかしの頭を外して、中のわらを空けた。それから奥の部屋に入って、ぬかを適量出してきて、たくさんのピンや針と混ぜた。そしてその混ぜ物をいっしょによく振ってから、かかしの頭の上のほうに入れ、残ったスペースにはわらを詰めて、中身が動かないようにした。

頭をふたたび体にくっつけると、オズはかかしに言った。「今後きみは、偉大な人物となるだろう。新しいぬかの脳味噌をたっぷりやったのだから〔※「新しいぬか(ブラン・ニュー)」と「真新しい(ブランド・ニュー)」を掛けた洒落(しゃれ)〕」

最大の願いが叶(かな)って、かかしはうれしく、また誇らしく、オズにあつく礼を言ってから仲間たちのもとに戻っていった。

ドロシーが興味深そうな顔でかかしを見た。脳味噌が入って、頭のてっぺんがすごくふくらんでいたのである。

「気分はどう?」ドロシーがたずねた。

「ほんとに賢くなった気がしますよ」かかしは熱っぽく言った。「この脳味噌に慣れたら、もうわたし、知らないことはないでしょうよ」

「なんでそんなに針やピンが頭から飛びだしてるのかね？」ブリキの木こりが訊いた。

「鋭くなった証拠ですよ」ライオンが言った。

「さあ、わたしも心臓をもらいに行かなくちゃ」木こりが言った。そうして、玉座室まで歩いていって扉をノックした。

「どうぞ」とオズが言うと、木こりは中に入って、「心臓をいただきに参りました」と言った。

「よろしい」小男は言った。「だが、しかるべき場所に心を入れるために、きみの胸に穴をあけなくちゃならん。痛くないといいが」

「いや、大丈夫です」木こりは言った。「ぜんぜん感じませんよ」

それでオズは、ブリキ職人の使う大ばさみを出してきて、ブリキの木こりの胸の左側に、小さな四角い穴をあけた。それから、引出しのところに行って、すべて絹でできた、中におがくずを詰めたかわいらしい心臓を取りだした。

「どうだい、きれいだろう？」オズは訊いた。

「いや、ほんとうに！」木こりはすっかりよろこんで答えた。「でもそれ、優しい心ですか？」

「ああ、すごく優しいとも！」オズは答えた。そして心臓を木こりの胸に入れて、さっき切ったブリキの四角片を元に戻し、きれいにはんだ付けした。

「さあ、これできみも、誰にとってもはずかしくない心臓の持ち主だ。胸につぎはぎしたのは申し訳なかったが、これしか手はなかったんだ」

「つぎはぎなんてどうでもいいですよ」と、すっかりよろこんでいる木こりはさけんだ。「ほんとうに感謝していますよ、ご親切はけっして忘れません」

「どういたしまして」オズは答えた。

そうしてブリキの木こりが仲間たちのもとに戻っていくと、みんなは口々に彼の幸いを祝ってくれた。

今度はライオンが玉座室に歩いていって、扉をノックした。

「どうぞ」

「勇気をいただきに参りました」ライオンは部屋に入っていきながら宣言した。

「よろしい」小男は答えた。「いま持ってこよう」

そうして棚のところに行って、高い段に手をのばして四角い緑のびんを下ろし、その中身を、緑っぽい金色の、きれいな模様が彫られた皿に空けた。これを弱虫のライオンの前に置くと、ライオンはなんだか気に入らぬ様子で鼻をくんくん鳴らしたが、魔法使いは言った。

「飲みなさい」

「なんなんです、これ？」ライオンは訊いた。

「これはだな、きみの体のなかに入れば、勇気になる。きみももちろん知るとおり、勇気というものはつねに体のなかにある。だから、きみが飲んでしまうまではこれを勇気と呼ぶことはできない。だから、できるだけ早く飲んでしまうことを勧めるね」

ライオンはもはや迷わず、皿がからっぽになるまで飲みほした。

「どんな気分だね？」オズがたずねた。

「勇気凛々（りんりん）ですよ」ライオンは答え、さもうれしそうに、自分の幸いを仲間たちに伝えに帰っていった。

残されたオズは、かかしとブリキの木こりとライオンに、これぞ自分の望みとそれぞれが思っているものを首尾よく与えられたことに気をよくして、一人笑みを浮かべた。「ペテン師になるしかないじゃないか」とオズはつぶやいた。「できっこないと誰だってわかってることを、こいつらみんな、わたしにやらせようとするんだから。かかしとライオンと木こりをよろこばせるのは簡単だった。わたしがなんでもできると、みんなはじめから決めていたからな。でもドロシーをカンザスに帰すには、もっと想像力が要る。どうやったらいいのか、わたしにはさっぱりわからんね」

17　気球はいかにして飛びたったか

三日間、ドロシーのもとにはオズからなんの連絡もなかった。彼女にとっては悲しい三日だったが、仲間はみなすっかりよろこび、満足していた。かかしはみんなに、頭にすばらしい考えが浮かんでいますよと言った。が、それらがどういう考えなのかは、自分以外は誰にも理解できないと決めて、言おうとしなかった。ブリキの木こりは、歩くと心臓が胸のうちでカタカタ動くのがわかります、むかし骨と肉だったころに持っていた心より親切で優しいみたいですよとドロシーに言った。そしてライオンは、この地上に怖いものはない、軍隊だろうが一ダースのカリダーだろうが進んで立ちむかう、と言いはなった。

こうしてみんなは、ドロシー以外はそれぞれご機嫌だった。ドロシーはますますカンザスに帰りたくなった。

四日目、やっとオズから呼びだしがかかり、ドロシーが大よろこびで玉座室に入っていくと、オズは愛想よく言った。

「座りたまえ。きみをこの国から出してあげる方法が見つかったと思うんだ」

「それで、カンザスまで帰してくれるの？」ドロシーは勢いこんで訊いた。

「うーん、カンザスはどうかなあ」オズは言った。「どっちの方角にあるのか、わたしにはまるっきり見当もつかないからね。でもまずはとにかく、砂漠を越えることだ。あとの道は、訳なくわかるはずだよ」

「どうやったら砂漠を越えられるの？」

「わたしの考えを聞かせよう」小男は言った。「いいかい、わたしがこの国に来たときは気球に乗ってきた。きみもやはり、竜巻に飛ばされ空を通ってやって来た。だから、砂漠を越えるにも、空を通るのが一番いいと思う。で、竜巻をつくりだすのはおよそわたしの手に余るが、じっくり考えてみて、気球ならつくれると思うのだ」

「どうやって？」

「気球は絹でできている。それに糊を塗って、ガスが逃げないようにする。絹ならこの宮殿にたっぷりあるから、気球をつくるのは造作ないはずだ。だが国中どこにも、気球を浮かべるための、中に詰めるガスがない」

「浮かばないんじゃ、役にたたないわ」ドロシーが言った。

「そのとおり」オズは答えた。「だが浮かせるにはもうひとつ手がある。熱い空気を入れるんだ。ただしガスほどよくはない。万一空気が冷えてしまったら、気球ごと落ちて、わたしたちは砂漠にとりのこされてしまうからね」

「わたしたち？」ドロシーはさけんだ。「いっしょに行ってくれるの？」

「そうだとも」オズは答えた。「もうこんなペテンは疲れたよ。この宮殿から出たら、わたしが魔法使いじゃないことがじき民に知られてしまうだろうし、そうなったらみんな、いままでだまされていたことに腹を立てるにちがいない。だから一日中ここにこもっているしかなくて、いい加減うんざりしてくる。君といっしょにカンザスに行って、またサーカスに戻るほうがずっといい」

「来てくれたらうれしいわ」ドロシーが言った。

「ありがとう」オズは答えた。「さて、絹を縫いあわせるのを手伝ってもらえるなら、すぐにでも気球づくりにとりかかれるよ」

というわけでドロシーは針と糸を手に持ち、オズが絹を適当な形に切るはしから、きれいに縫いあわせていった。まず黄緑の絹があり、深緑の絹があり、エメラルドグリーンの絹があった。いろんな色合いの混じった気球を作ろうと、オズははりきっていたのである。ぜんぶ縫いあわせるのに三日かかったが、終わったときには、長さ六メートル以上の、大きな絹の袋ができ上がっていた。

それからオズが、内側に薄く糊を塗って空気が漏れないようにし、それも済むと、これで完成だと宣言した。

「だが、わたしたちを乗せるカゴが要る」オズは言った。そこで緑のほおひげの兵士に命じて、衣服用の大きなカゴを取りにいかせ、ロープをたくさんつかって気球の底にくくりつけた。

準備がととのうと、オズは民に、雲の上に住む偉大な魔法使い仲間に会いにいくと伝えた。知らせはたちまち街じゅうに広がり、驚くべきながめを誰もが見物にきた。

オズが気球を宮殿の前に運びださせると、人びとは興味津々見入った。ブリキの木こりがあらかじめ木を伐って大きな薪の山を作ってくれていて、それにいま火を点けた。オズが気球の底を火の上にかざして、のぼってくる熱い空気を絹の袋のなかに入れた。気球はだんだんふくらんで上昇していき、ついには、カゴがかろうじて地面に触れている程度になった。

それからオズがカゴに乗りこみ、大声で民みんなに言った。

「わたしは出かけてくる。留守のあいだは、かかしがおまえたちの支配者となる。わたしと同じように言うことを聞くように」

このころにはもう気球は、それを地面につなぎとめているロープをぐいぐい引っぱっていた。中の空気は熱く、外の空気よりずっと軽いので、空に上がろうと強く引いていたのである。

「おいで、ドロシー！」魔法使いはさけんだ。「早くしないと、気球が飛んでいってしまうよ」

「トトが見つからないの」ドロシーが答えた。かわいい犬を置いていくわけにはいかない。トトは仔猫を追って人混みにまぎれてしまっていたが、やっとのことで見つかった。ドロシーはトトを抱きあげて、気球めざしてかけていった。

あと何歩かというところまで来て、オズも両手をさし出し、乗るのに手を貸そうとしたが、その瞬間、パッ！　とロープが外れて、気球はドロシー抜きで舞いあがってしまった。

「戻ってきて！」ドロシーは金切り声を上げた。「あたしも行きたい！」

「戻ってこれないんだよ」オズはカゴからさけんだ。「さようなら！」

「さようなら！」みんながさけび、誰もが目を上げ、魔法使いの乗ったカゴがぐんぐん空高くのぼっていくのを見送った。

誰にとっても、それがオズの、すばらしき魔法使いの、見おさめだった。もっとも本人は、あのままぶじオマハにたどり着いて、いまもそこにいるかもしれない。だが人々は彼をなつかしく思いおこし、たがいにこう言いあった。

「オズはいつもわたしたちの味方だった。ここに来て、この美しいエメラルドの街を建ててくれたのだ。そして、いなくなったいまも、賢者のかかしを、支配者として残していってくれたのだ」

とはいえ、何日ものあいだ、すばらしき魔法使いを失ったことを彼らは悲しみつづけ、慰めの言葉も役にたたなかった。

18　南へ発つ

カンザスへ帰る望みがなくなって、ドロシーはしくしく泣いた。でもよく考えてみると、危なっかしい気球に乗らなくてよかったと思った。オズを失ったことも残念だったし、仲間もみな同じ気持ちだった。

ブリキの木こりが寄ってきて、こう言った。

「何しろわたしにすばらしい心臓をくれた方ですからね、いなくなったのを悲しまなかったら罰があたります。わたしが錆（さ）びないように涙を拭（ふ）いていただけたら、オズを偲（しの）んで少し泣きたいんですが」

「ええ、よろこんで」ドロシーは答え、さっそくタオルを持ってきた。するとブリキの木こりは何分か泣きつづけ、ドロシーはその涙を注意深く見まもり、タオルで拭きとってやった。泣きおえると木こりはていねいに礼を言い、不測の事態にそなえて、宝石をちりばめた油さしをつかって自分の体じゅうくまなく油をさした。

エメラルドの街の支配者となったかかしは、べつに魔法使いではなかったけれど、街の人びとは彼のことを誇らしく思った。「何しろ」人々は言った。「わらの詰まった人が支配している街なんて、世界中どこにもありませんからね」。彼らが知るかぎり、ほんとうにそのとおりだった。

オズを乗せた気球が行ってしまった翌朝、旅人四名は玉座室に集まって相談をした。かかしが大きな玉座に座って、ほかの者たちはその前にうやうやしく立った。

「わたしたちはそれほど不運でもない」新しい支配者は言った。「この宮殿もエメラルドの街もわたしたちのものなのだし、わたしたちは好きなようにふるまえるのだから。少し前までは自分がトウモロコシ畑でさおにささっていて、いまはこの美しい街の支配者なんだと思うと、自分の運命になんの不満もないよ」

「わたしもです」ブリキの木こりが言った。「新しい心臓にすっかり満足していますよ。ほんとうに、世界で欲しいものはこれだけだったんですから」

「わたしとしても、どんなけものにも勇気で勝つとまではいかなくても、負けないとはわかってますから、それで十分です」ライオンがつつましく言った。

「これであと、ドロシーがエメラルドの街に住んでもいいと思えたらなあ」かかしがさらに言った。「そうすればみんなでしあわせにくらせるんだが」

「でもあたしは、ここに住みたくないのよ」ドロシーはさけんだ。「カンザスに帰って、エムおばさんとヘンリーおじさんとくらしたいのよ」

「うーん、じゃ、どうすればいいかな?」木こりが問いかけた。

かかしは考えることにして、ものすごく一生懸命考えたものだから、脳味噌からピンや針が飛びだしてきた。しばらくしてから、やっとかかしは言った。

「空飛ぶ猿たちを呼んで、砂漠の向こうまで運んでもらったら？」

「それは考えなかったわ！」ドロシーはうれしそうに言った。「まさに名案よ。いますぐ黄金の帽子をとってくる」

帽子を持って玉座室に帰ってきたドロシーが、魔法の呪文をとなえると、たちまち空飛ぶ猿の一団が開いた窓から入ってきて、ドロシーのかたわらに降りたった。

「わたくしどもをお呼びになったのは、これが二度目です」猿の王は言いながらドロシーにお辞儀をした。「お望みはなんでしょう？」

「あたしを連れてカンザスまで飛んでいってほしいの」ドロシーは言った。

だが猿の王は首を横にふった。

「それはできません」王は言った。「わたくしどもはこの国にのみ属しており、国の外には出られないのです。空飛ぶ猿がカンザスに行ったことはいまだかつてありませんし、これからもないでしょう。わたくしどもにできることでしたらなんでもよろこんでいたしますが、砂漠は越えられません。失礼します」

ふたたびお辞儀をしながら猿の王は翼をひろげ、窓から外に飛びさり、手下たちもあとにつづいた。

がっかりしたドロシーは、いまにも泣きだしそうだった。「黄金の帽子の魔法をむだに使ってしまったわ。空飛ぶ猿たちには助けてもらえないんですもの」

「ほんとに残念ですねえ！」心やさしい木こりが言った。

かかしはまた考えていて、頭がすさまじくふくらんできたので、破裂してしまわないかとドロシーは心配になった。

「緑のほおひげの兵士を呼ぼう」かかしは言った。「あの男に相談してみようじゃないか」

というわけで兵士が呼ばれ、おずおずと玉座室に入ってきた。オズがいるあいだ、その出入口の向こうへ通されたことは一度もなかったのである。

「このお嬢さんは」かかしは兵士に言った。「砂漠を越えることを望んでおられる。どうやったらできるかね？」

「わたくしには申しあげられません」兵士は答えた。「いままで砂漠を越えた者はひとりもいないのです――オズその人以外は」

「あたしを助けられる人は、誰もいないの？」ドロシーが熱をこめて訊いた。

「ひょっとして、グリンダなら」兵士は言った。

「グリンダとは誰かね？」かかしがたずねた。

「南の国の魔女です。誰よりも強い魔女で、クワドリングたちを支配しています。それに、彼女の住む城は砂漠の果てにありますから、向こうへの行き方も知っているかもしれません」

「グリンダって、よい魔女なのよね?」ドロシーが訊いた。

「クワドリングたちはそう思っています」兵士は言った。「そして彼女は誰にでも親切です。美しい女性で、長い年月生きてきたのに、若さを保つすべを知っていると聞きます」

「お城にはどうやったら行けるの?」ドロシーは訊いた。

「道はまっすぐ南へのびています」兵士は答えた。「ですが、旅人には危険が一杯の道だといわれています。森には野獣がいるし、よそ者が国を通るのをよろこばない奇妙な種族がいるのです。それでクワドリングもエメラルドの街に来ないのです」

そう言って兵士が立ちさると、かかしが言った。

「危険はあるようだが、ドロシーにとっては、南の国へ旅してグリンダに助けをもとめるのが最善ではなかろうか。言うまでもないが、ここにいたら、いつまでたってもカンザスには戻れないのだから」

「また考えてたんですね」ブリキの木こりが言った。

「そうとも」かかしは言った。

「わたし、ドロシーといっしょに行きます」ライオンが宣言した。「もう街に疲れて、森や山が恋しいですから。わたし、ほんとうは野獣ですからね。それに誰かがドロシーを護ってあげないと」

「そのとおりですね」木こりも同意した。「わたしの斧も役にたつかもしれません。わたしもいっしょに南の国まで行きますよ」

「いつ出かけようか？」かかしが訊いた。

「あなたも行くんですか？」みんながびっくりして訊いた。

「もちろん。ドロシーがいなかったら、わたしも脳味噌をもらえなかったんだからね。ドロシーがトウモロコシ畑のさおから下ろしてくれて、エメラルドの街まで連れてきてくれた。わたしの幸運はみんなドロシーのおかげなんだ。ドロシーがちゃんとカンザスに発つまで、ぜったい見捨てないよ」

「ありがとう」ドロシーは心底ありがたく思って言った。「みんなとても親切にしてくれて。それであたし、一刻も早く出かけたいの」

「明日の朝みんなで出発しよう」かかしは答えた。「さあ、支度をはじめよう。長い旅になるからね」

19　戦う木たちに襲われて

翌朝、ドロシーがかわいい緑色の女の子にさよならのキスをし、門まで送ってくれた緑のほおひげの兵士とみんなで握手を交わした。彼らをふたたび目にした門番は、わざわざこんなに美しい街を出てまた厄介事に遭いにいくなんて、と呆(あき)れかえった。それでもさっそくめがねをはずしてくれて、緑色の箱にもどし、道中の無事を祈ってくれた。

「あなたはいまやわたしたちの支配者です」門番はかかしに言った。「なるべく早く戻ってきてくださいね」

「そのつもりだとも」かかしは答えた。「だがまずは、ドロシーを故郷に帰してあげないと」

気のいい門番に最後の別れを告げながら、ドロシーは言った。

「このきれいな街で、みなさんにほんとうにお世話になりました。みんなとても優しくしてくれたわ。口では言えないくらい感謝しています」

「いいんですよ、お嬢さん」門番は答えた。「できることなら、わたしどもといっしょにくらしていただきたいですが、カンザスに戻ることがお望みなら、帰り道が見つかることを願っていますよ」。そして門番に外側の壁の門を開けてもらって、一同は外に歩みでて、いよいよ旅立った。

　ドロシーたちは南の国のほうに顔を向け、太陽はあかるく照っていた。みんなこの上なく上機嫌で、声を上げて笑い、ぺちゃくちゃとおしゃべりした。家に帰れるという望みがふたたびドロシーの胸を満たし、かかしとブリキの木こりは彼女の役にたてることをよろこんでいた。ライオンはさわやかな空気をくんくんと楽しそうに嗅ぎ、自然のなかに戻れたことが心底うれしくてしっぽをゆさゆさ左右に振った。そしてトトはみんなのまわりを駆けまわり、蛾や蝶を追いかけながら、ワンワン陽気に吠えていた。

「都会のくらしはわたしには合いません」ライオンはみんなといっしょにてくてく歩きながら言った。「あそこに住むようになって以来、ずいぶんとやせてしまいましたし、それに、自分がどれだけ勇敢になったか、ほかの獣たちに早く見せてやりたいですよ」

　やがて彼らはふり向いて、これが見おさめと、エメラルドの街にもう一度目を向けた。見えるのは、緑の壁の向こうに並ぶ塔やとんがり屋根と、何よりも高くそびえるオズの宮殿の尖塔と丸屋根だけだった。

「まあオズも、そうだめな魔法使いじゃなかったですね」と、胸のなかで心臓がカタコト鳴るのを感じながらブリキの木こりが言った。

「わたしにも脳味噌を、それもすごくいい脳味噌をくれたしね」かかしが言った。

「わたしにくれたのと同じ勇気を、自分でも取りこんだら」ライオンも言いたした。

「オズだって勇敢な人になれたでしょうにね」

ドロシーは何も言わなかった。オズは約束を守らなかったけれど、できるだけのことはしてくれたのだから許してあげよう、と思った。自分でも言っていたとおり、だめな魔法使いではあっても、いい人ではあったのだ。

一日目はずっと、エメラルドの街の四方に広がる緑の野原と色あざやかな花畑のなかを通っていった。その夜は草の上で、星空をかけぶとんにして寝た。みんなたっぷりと休んだ。

朝が来て旅を再開すると、やがて深い森に行きあたった。見わたすかぎり右にも左にも広がっているようなので、まわり道していくわけにもいかない。それに、迷子になってしまうのが怖いので、進む方向は変えたくなかった。そこで、森に入るのに一番楽そうな場所を探してみた。

先頭に立ったかかしが、枝が広々とのびている大きな木を見つけた。この下ならみんなで通っていけそうだった。そこでかかしは木に向かって歩いていったが、枝の下まで来たとたん、枝たちが折れ曲がって体に巻きつき、かかしはあれよあれよと宙に持ちあげられ、仲間たちのほうに投げかえされてしまった。

怪我こそしなかったけれど、とにかくびっくりしたものだから、ドロシーに助けおこされたかかしは、いくぶんぼうっとしているみたいに見えた。

「ここの木々のあいだにも、すきまがありますよ」ライオンが声を上げた。

「まずわたしがやってみよう」かかしが言った。「わたしならいくら投げられても平気だからね」。そう言いながらもう一本の木のほうへ歩いていったが、たちまちその枝たちにつかまって、また投げかえされてしまった。

「ふしぎだわ」ドロシーがあっけにとられて言った。「どうしたらいいかしら？」

「どうやらこの木たち、わたしたちと戦って旅をやめさせるつもりらしいですね」ライオンが言った。

「わたしがやってみますよ」木こりが言って、斧を肩にかつぎ、なんとも乱暴にかかしを投げとばした一本目の木の前まで進んでいった。彼をつかまえようと一本の大きな枝が折れ曲がると、木こりは力いっぱい斧をふるい、枝をまっ二つに切ってしまった。たちまち木全体が、痛さにのたうつかのように全部の枝をふるわせ、ブリキの木こりは難なくその下を通っていった。

「さあみんな、早く！」木こりは仲間たちに向かってさけんだ。みんなで走っていって、ぶじ木の下を過ぎた。トトだけは小さな枝につかまって揺さぶられ、痛がってキャンキャン吠えたが、木こりがすかさず枝を切り落としてやった。

森のほかの木たちはべつに何もしてこなかったので、枝を折り曲げることができるのは一列目の木だけなのだと彼らは判断した。あの木たちはきっと森の警官で、よそ者を入れないよう、あんなふしぎな力を与えられているのだろう。

四名の旅人は木々のあいだをのんびり歩いていき、やがて森の向こう端に着いた。それから、おどろいたことに、白い陶器でできているとおぼしき高い壁が目の前にあらわれた。お皿の表面みたいにつるつるなめらかで、みんなの背より高い壁だった。

「今度はどうしましょう？」ドロシーが訊いた。

「はしごをつくりますよ」ブリキの木こりが言った。「とにかくこの壁をのりこえるしかありませんからね」

20　上品な瀬戸物の国

森から取ってきた木で木こりがはしごをつくっているあいだ、ドロシーは長歩きで疲れていたので横になって眠った。ライオンも体を丸めて眠りにつき、トトもその隣で横になった。

かかしは木こりが仕事するのを見ながら、言った。

「どうしてこんな壁がここにあるのか、この壁が何でできているのか、さっぱりわからないよ」

「脳味噌を休めて、壁のことは気にしなさんな」木こりは答えた。「乗りこえたら、向こう側に何があるかもわかりますよ」

しばらくすると、はしごができ上がった。見ばえは不細工だったが、頑丈で目的にはじゅうぶんだと木こりは思った。かかしがドロシーとライオンとトトを起こして、はしごができたと伝えた。まずかかしがのぼったが、あまりにのぼり方が危なっかしいので、ドロシーがすぐうしろについて、落ちないよう手を貸してやらないといけなかった。やっと頭を壁の上につき出して向こうを見ると、かかしは「うわ、何これ！」と言った。

「先へ行ってよ」ドロシーが声を上げた。

そこでかかしがさらに上へのぼって、壁のてっぺんに腰かけると、ドロシーも頭を上につき出し、「うわ、何これ！」とまったく同じにさけんだ。

それからトトがのぼってきて、さっそくワンワン吠えだしたが、ドロシーが静かにさせた。

ライオンが次にのぼり、ブリキの木こりが最後にのぼって、どちらも壁の向こうを見たとたん「うわ、何これ！」とさけんだ。みんなで壁のてっぺんに並んで座って、下に広がるふしぎな光景をながめた。

そこは大皿の表面みたいに、つるつるでぴかぴかでまっ白な床がどこまでも広がっている国だった。そのあちこちに、すべて瀬戸物でできていて、この上なくあかるい色を塗った家が点々としていた。どの家もひどく小さく、一番大きいものでもドロシーの腰の高さしかなかった。小さなかわいらしい納屋もたくさんあって、まわりに瀬戸物の柵（さく）がめぐらしてあった。たくさんの牛、羊、馬、豚、にわとり、どれもみな瀬戸物でできていて、それぞれ群れをなして立っていた。

けれど何より異様だったのは、このへんてこな国に住んでいる人たちだった。明るい色の胴着をつけて、すその長い服に金の水玉模様が入っている、乳しぼり娘や羊飼い娘。銀と金と紫の豪華なドレスを着たお姫さま。ピンクと黄色と青の縞（しま）が入った膝（ひざ）

丈ズボンをはき、靴に金のバックルがついた男の羊飼い。宝石をちりばめた王冠をかぶり、イタチの外套を着てサテンのみじかい上着を着た王子さま。ひだひだのガウンを着て、ほおに赤い丸を描いてとんがり帽子をかぶった滑稽なピエロ。そして何よりふしぎなことに、こういう人たちがみんな、服まですべて瀬戸物でできていて、誰もがひどく小さく、一番背が高くてもドロシーの膝ぐらいまでしかなかった。

はじめは誰ひとり、旅人たちに目もくれなかったが、頭がとりわけ大きい、紫色の小さな瀬戸物の犬が壁までやって来て、キンキンちっぽけな声で彼らに向かって吠え、それからまた走りさっていった。

「どうやって降りたらいいかしら?」とドロシーが訊いた。

はしごを持ちあげようとしてみたが、あまりに重いので上げられなかった。そこでまずかかしが壁から飛びおり、ほかは硬い床で足を痛めないよう、かかしの上に飛びおりた。もちろんみんな、かかしの頭に落ちて足にピンが刺さらないよう気をつけた。全員ぶじに降りると、すっかりぺしゃんこになったかかしを抱えあげ、わらをぽんぽんたたいて元の形に戻してやった。

「向こう側へ行くには、このふしぎな場所を通りぬけないと」ドロシーが言った。「まっすぐ南に進まないといけないもの」

瀬戸物の人々の国をみんなで歩きだすと、最初に行きあたったのが、瀬戸物の牛の乳をしぼっている瀬戸物の乳しぼり娘だった。ドロシーたちが近づいていくと、牛がいきなり脚をけり上げ、腰かけやバケツ、そして乳しぼり娘までけり倒してしまい、何もかもがカタカタ大きな音を立てて瀬戸物の地面に倒れた。

牛の脚が一本折れたのを見て、ドロシーはびっくりしてしまった。バケツもいくつかのかけらに割れてころがり、気の毒に乳しぼり娘も、左のひじが欠けてしまっていた。

「あんたたちのせいよ！」乳しぼり娘がどなった。「おかげで牛の脚が折れちゃったじゃないの。また修繕屋に連れてって、くっつけてもらわないと。あんたたち、のこのこやって来て、ひとの牛おびえさせて、いったいどういうつもりよ？」

「ごめんなさい、ほんとうに」ドロシーは答えた。「どうかかんべんしてください」

だがかわいい乳しぼり娘は、プンプン怒ってなんとも答えなかった。むすっとした顔で牛の折れた脚を拾いあげ、あわれ三本脚でよたよた歩く牛を連れさった。欠けたひじを脇腹にくっつけて立ちさりながら、何度もふり返っては乱暴なよそ者たちをにらみつけた。

この災難にドロシーはひどく胸を痛めた。

「この国ではものすごく気をつけないといけないね」心やさしい木こりが言った。

「でないと、このかわいらしい小さな人たちを、とり返しのつかないくらい損なってしまう」

　少し先へ行くと、美しい服を着たお姫さまがいるのをドロシーは見た。よそ者たちを見ると、お姫さまはぴたっと立ちどまり、それから逃げだした。

　お姫さまをもっと見たかったので、ドロシーは追いかけていったが、すると瀬戸物のお姫さまがさけんだ。

「来ないで！　追ってこないで！」

　心底おびえた小さな声に、ドロシーは立ちどまった。「なぜ？」とたずねた。

「なぜって」とお姫さまも距離を置いて立ちどまり、言った。「走って転んだら、体が割れてしまうかもしれないからよ」

「修繕してもらえないの？」

「もらえるわ。だけど修繕したら、前ほどきれいじゃなくなっちゃうのよ」お姫さまは答えた。

「そうでしょうねえ」ドロシーは言った。

「あそこにミスタ・ジョーカーがいるわ。この国のピエロのひとりよ」瀬戸物のお姫さまはさらに言った。「いつもさか立ちしようとしてるのよ。あんまりなんべんも体が割れて、そこらじゅう修繕したものだから、もうぜんぜんきれいじゃないわ。こっちへ来るから、見てごらんなさいな」

そのとおり、陽気な小さいピエロがこっちへ歩いてきて、見れば赤と黄と緑のきれいな服を着てはいても体じゅうひびだらけで、四方八方に線が走り、何か所も修繕してあることは明らかだった。

ピエロは両手をポケットにつっこみ、ほおをぷくっとふくらませ、みんなに向かって小なまいきに会釈してから、こう言った。

「うるわしいお嬢さま、
どうしてミスタ・ジョーカーを
じろじろごらんになるのです？
あなたときたらこわばって
体の隅までしゃちほこばって
火かき棒でも食べたみたい！」

「おだまんなさい！」お姫さまが言った。「この方たちがよそからみえたってこと、わからないの？　礼をつくさないといけないのよ！」

「礼ならしっかりつくしてまっせ」ピエロは言い、すぐさまさか立ちをやってのけた。

「ミスタ・ジョーカーのことは気にしないでね」お姫さまはドロシーに言った。「頭にだいぶひびが入ってるもんだから、ばかなことばっかりやるのよ」

「ううん、ぜんぜん気にならないわ」ドロシーは言った。「でもあなたはほんとにきれいねえ。あなたなら心から愛せると思うの。カンザスに連れて帰らせてもらえないかしら。エムおばさんの家の炉棚に立ってくれない？　バスケットに入れて運んであげる」

「そしたら私、とても不幸になるわ」瀬戸物のお姫さまは答えた。「この国ではね、みんな満足してくらしていて、好きにしゃべったり動いたりできるのよ。でも私たちみんな、よそへ連れていかれたとたん、関節がいっぺんに硬くなって、まっすぐ立ってきれいに見せることしかできなくなっちゃうのよ。もちろん炉棚やキャビネットや居間のテーブルに行ったら、そうしてるだけでいいわけだけど、こうやって自分の国にいたほうがずっと楽しいのよ」

「あなたを不幸にするなんて、とんでもないわ！」ドロシーは声をはり上げた。「だからさよならを言うことにするわ」

「さよなら」お姫さまも答えた。

　みんなは用心ぶかく瀬戸物の国を歩いていった。小さな動物たちも人間たちも、よそ者にこわされてはたいへんと、あわてて逃げていった。一時間かそこらすると、旅人たちは国の果てに着き、またも瀬戸物の壁に行きあたった。

けれど今度はさっきのほど高くなかったので、みんなライオンの背中に乗って、何とかてっぺんにのぼれた。それからライオンが脚をぎゅっと曲げて、壁の上に飛びのった。ところが、飛んだときにしっぽで瀬戸物の教会を倒してしまい、こなごなに割ってしまった。

「悪いけど、しかたないわ」ドロシーは言った。「牛の脚一本と、教会一軒だけですんで、まあよかったわよね。みんなすごくもろいんだもの！」

「ほんとにそうだよねえ」かかしが言った。「自分がわらでできていて、簡単にはこわれないことをありがたく思うよ。かかしでいるより悪いことが、世の中には一杯あるんだねえ」

21　ライオン、百獣の王になる

　旅人たちが瀬戸物の壁から降りると、そこはなんとも不快な場所だった。そこらじゅう沼や湿地があって、高い、のび放題の草に覆われていた。草があまりに茂っていて、ぬかるんだ穴を隠してしまうので、気をつけないと落ちてしまいそうだった。けれど、慎重に足もとを見ながらなんとか歩いていって、ぶじ固い地面にたどり着いた。ところがここがまたおそろしく荒れた場所で、下生えのなかをえんえん歩いた末に、また別の森に入っていった。ここはいままで見たどこよりも木々が大きくて古かった。

「この森、最高ですねえ」ライオンがうれしそうにあたりを見まわしながら言った。「こんなにきれいな場所、はじめて見ますよ」

「なんだか陰気だねえ」かかしが言った。

「いいえ、ぜんぜん」ライオンが答えた。「一生ここでくらしたいですよ。ほら、足もとの枯葉のやわらかいこと。古い木々にへばりついたこけの豊かでみずみずしいこと。野獣にとって、これ以上気持ちのいい場所はありませんよ」

「この森、ほんとに野獣がいるんじゃないかしら」ドロシーが言った。

「いるでしょうね」ライオンも言った。「でもとりあえずは見あたりませんねえ」

みんなで森のなかを歩いていくと、やがて暗くなって、もうそれ以上進めなくなった。ドロシーとトトとライオンは横になって眠り、木こりとかかしはいつものとおり見張りに立った。

朝が来ると、また先へ進んでいった。さして行かないうちに、グルルル、とたくさんの野獣のうなり声のような低い音が聞こえてきた。トトは少しクーンと鳴いたが、ほかはだれも怖がらず、よく踏みならされた道をそのまま歩いていき、じき森のなかの開けた場所に出ると、そこに何百頭もの、ありとあらゆる種類の獣が集まっていた。虎、象、熊、狼、狐からはじまり、博物学に出てくる動物がみんないて、ドロシーはちょっとのあいだ怖くなった。けれどもライオンが、あれは動物たちが会議をしているのです、あのうなり声、歯のむき方からして何か大きな問題が起きてるみたいですね、と説明してくれた。

ライオンがしゃべっていると、何頭かが彼の姿を目にとめ、大きな集まり全体がたちまち魔法のように静かになった。いちばん大きな虎がライオンのところにやって来て、お辞儀をして言った。

「ようこそ、百獣の王！　よいところに来てくださいました。ぜひあなたに、わたしたちの敵と戦って、森に住むすべての動物に平和を取りもどしていただきたいのです」

「何があったのかね？」ライオンは静かに訊いた。

「最近この森に」虎は答えた。「獰猛な敵がやって来まして、わたしたちみなおびやかされているのです。これがものすごい怪物でして、大きなクモのような姿で、胴は象のように大きく、脚は木の幹のように長いのです。その長い脚が八本ありまして、森を這いまわりながら、脚をひょいと一本のばして動物をつかまえ、口まで持っていって、クモがハエを食べるみたいに食べてしまいます。この残酷な獣が生きているかぎり、みんなおちおち夜も眠れません。それで会議を開いて、どうやって自分たちの身を護るか話しあっていたところで、あなたがいらしたのです」

ライオンは少しのあいだ考えた。

「この森にはほかにもライオンがいるかね？」ライオンはたずねた。

「いいえ。前には何頭かいたのですが、みんな怪物に食べられてしまいました。それにどのライオンも、とうていあなたほど大きくも勇敢でもありませんでした」

「もしわたしがその敵を退治したら、きみたちはわたしの前にひれ伏して、森の王としてわたしにしたがうかね？」

「よろこんでそういたします」虎は答えた。ほかの獣たちもみな力づよく吠えた。

「そういたします！」

「で、その大グモ、いまどこにいるのかね？」ライオンはたずねた。

「あちらの、オークの林のなかです」虎が前脚で指した。

「ここにいるわたしの友人たちを、丁重にもてなしてくれたまえ」ライオンは言った。「わたしはいますぐ怪物と戦いにいくから」

ライオンは仲間に別れを告げて、敵との一騎打ちに向かって、堂々と歩きさっていった。

ライオンが見つけたとき、大グモは横たわって眠っていた。そのあまりの醜さに、ライオンは思わずぞっとして顔をゆがめた。八本の脚は虎が言ったとおりの長さで、体はごわごわの黒い毛に包まれていた。大きな口には、長さ三十センチのとがった歯が並んでいた。けれども、頭と丸々太った胴とをつないでいる首は、スズメバチの胴まわりくらいしかなかった。これを見て、どう攻めたらいいかをライオンは思いついた。相手が眠っているほうが戦いやすいとわかっていたから、すぐさまパッと飛びあがり、怪物の背中に降りたった。それから、がっしりした、かぎ爪をとがらせた前脚をひと振りし、クモの頭を胴から切りはなした。飛びおりて、その八本の長い脚がくねくね動くのが止むのを見とどけ、クモがしっかり死んだことをたしかめた。

森の獣たちが待っている、開けた場所までライオンは戻っていき、誇らしげに言った。

「もう敵を恐れる必要はない」

こうして獣たちは、ライオンを王としてその前にひれ伏し、ライオンも、ドロシーをぶじカンザスへ旅立たせたらすぐ帰ってきて森を支配すると約束した。

22　クワドリングの国

旅人四名が森をぶじ抜けて、その薄闇から出ると、目の前に険しい、上から下まで大きな岩だらけの丘があった。

「これはのぼるのに一苦労だねえ」かかしが言った。「でもとにかく、こいつを越えないことには」

というわけでかかしが先頭に立って、みんながあとにつづいた。最初の岩がすぐそこというところまで来ると、荒っぽい声が「近よるな！」とどなるのが聞こえた。

「誰だね？」かかしが言った。

すると、岩の上にぬっと顔があらわれて、同じ声が「ここはおれたちの丘だ。誰にも越えさせない」と言った。

「でも越えないといけないんだ」かかしは言った。「わたしたちはクワドリングの国へ行くんだ」

「そうはさせない！」声は答え、それから、見たこともない、最高にへんてこな男が岩かげからあらわれた。

男はすごく背が低く、ずんぐりした体で、てっぺんが平たい大きな頭が、しわだらけの太い首にささえられていた。だが腕はまったくなく、これを見てかかしは、こんななさけない生き物に自分たちを止められるわけがないと思った。そこでかかしは言った。「申し訳ないが、きみたちが望もうと望むまいと、わたしたちはこの丘を越えなくちゃならないんだ」。そうしてかかしは、平然とのぼりはじめた。

さっと稲妻（いなずま）のような速さで男の頭がつき出て、首がひゅうっとのび、頭のてっぺんの平たい部分がかかしの腹を直撃して、かかしはころころと丘を転げ落ちていった。出てきたときとほぼ同じすばやさで首は胴に戻っていき、男は耳ざわりに笑いながら、「そんなに簡単じゃないぞ！」と言った。

騒々しい笑い声のコーラスがそこらじゅうの岩から上がり、ドロシーがおどろいて見ていると、腕なしの「トンカチ頭」が何百と、それぞれ別の岩かげから出てきた。かかしの災難を彼らが笑うのを聞いて、ライオンはすっかり腹をたて、大きな吠（ほ）え声を雷のようにとどろかせて丘をかけのぼって行った。

ふたたび頭がさっとつき出て、大きなライオンは大砲に撃たれたみたいに丘を転がっていった。

ドロシーはかけて行ってかかしを助けおこし、ライオンもそこらじゅう岩にぶつけて痛む体でドロシーのもとにやって来た。「トンカチ頭たちと戦ってもむだです。あれはだれにも太刀うちできません」ライオンは言った。

「じゃあどうしたらいいかしら？」ドロシーが訊いた。

「空飛ぶ猿たちをお呼びなさい」ブリキの木こりが提案した。「まだあと一回、命令する権利があるでしょう」

「そうするわ」ドロシーは答え、黄金の帽子をかぶって魔法の呪文をとなえた。例によってたちまち猿たちがあらわれ、じきに一匹残らずドロシーの前に立っていた。

「ご命令はなんでしょう？」猿の王が、ふかぶかとお辞儀をしながらたずねた。

「あたしたちを丘のむこうの、クワドリングの国まで運んでほしいの」ドロシーは答えた。

「かしこまりました」王は言い、ただちに空飛ぶ猿たちが、旅人四名とトトを両腕に抱えて飛びたった。丘を越えていくと、トンカチ頭たちはいまいましげにわめき、宙にむけて頭をつき出したが、翼ある猿たちには届かず、ドロシーと仲間たちはぶじ丘のむこうまで運ばれて、クワドリングの美しい国に下ろしてもらった。

「わたしたちを呼びだせるのはこれが最後です」王はドロシーに言った。「さようなら、幸運をお祈りします」

「さようなら、どうもありがとう」ドロシーも答えた。そして猿たちは宙に飛びあがり、またたく間に見えなくなった。

クワドリングの国は豊かでしあわせそうだった。どの畑にも麦が実っていて、きちんと舗装された道がそのあいだにのび、きれいな小川がさらさらと流れて、頑丈な橋がいくつも渡してあった。ウィンキーの国では何もかも黄色に塗ってあって、マンチキンの国では青だったのと同じように、ここでは塀も家も橋も、みんなあかるい赤色に塗ってあった。クワドリング本人たちは、背が低くぽっちゃり太っていて人がよさそうで、全身赤い服を着ていて、緑の草と黄色く実りかけた麦を背景に、それがとても映えていた。

猿たちはドロシーたちを一軒の農家のそばに下ろしてくれたので、彼らは屋敷まで歩いていって、ドアをノックした。農家のおかみさんが開けてくれて、何か食べ物をわけてもらえないかとドロシーが頼むと、みんなに美味しい食事をごちそうしてくれた。ケーキは三種類、クッキーは四種類あって、トトにもミルクをボウルに入れてくれた。

「グリンダのお城まではどれくらいですか?」ドロシーが訊いた。

「そんなに遠くないよ」おかみさんは答えた。「南への道を行けば、じきに着くよ」

親切なおかみさんにお礼を言って、一同は元気に出発し、畑の横を抜け、きれいな橋を渡って、やがてとても美しいお城の前に出た。門の前に若い女の子が三人立っていて、金のモールでかざった、揃いのすてきな赤の制服を着ていた。ドロシーが近づいていくと、一人が言った。

「どうして南の国に来たのです？」

「ここを支配している、よい魔法使いに会いにきたんです」ドロシーは答えた。「連れていってもらえませんか？」

「お名前をおうかがいします。グリンダに伝えて、お会いするかどうか訊いてみます」。ドロシーたちがそれぞれ名前を伝えると、少女兵士はお城のなかに入っていった。少ししてまた出てきて、魔女がすぐにお会いします、とドロシーたちに言った。

23　グリンダ、ドロシーの願いを叶えてくれる

けれどグリンダに謁見する前に、みんなはまずお城のなかの部屋に入れてもらった。ドロシーは顔を洗って髪をとかし、ライオンはたてがみからほこりを払い、かかしは体をぽんぽんたたいて形をととのえ、木こりはブリキをみがいて関節に油をさした。すっかり身づくろいがすむと、みんなで少女兵士のあとについて、魔女グリンダがルビーの玉座に座っている広い部屋に入っていった。

彼らの目にグリンダは若く、美しく映った。髪は豊かな赤色で、流れるような巻き毛が肩に垂れている。ドレスはまっ白だが目は青く、優しげな表情でドロシーを見ていた。

「どんなご用なの、お嬢ちゃん？」グリンダは訊いた。

ドロシーはすべてを打ちあけた。大竜巻にオズの国へ連れてこられて、仲間を見つけて、みんなでいろんな冒険をしたこと。

「いまのいちばんの願いは、カンザスに帰ることです」ドロシーは締めくくった。「エムおばさんはきっとわたしの身に何か恐ろしいことが起きたと思って、お葬式を出すと思うんです。でも、今年の収穫が去年よりよくなりでもしないかぎり、おうち

にそんな余裕はないと思うんです」

　グリンダは身を乗りだして、心優しいドロシーの上を向いたかわいい顔にキスをした。

「あなたは優しい子ですねえ」グリンダは言った。「カンザスへ帰る道、教えてあげられると思いますよ」。それからもうひとこと、「でもそれには、あなたの黄金の帽子をもらわないと」と言った。

「よろこんで！」ドロシーは声を上げた。「どのみちもうわたしには役にたたないんです。あなたのものになれば、空飛ぶ猿たちに三回命令することができます」

「そしてわたしは、まさに三回、猿たちの助けが要ると思うのですよ」グリンダはニコニコ笑って答えた。

　そこでドロシーから黄金の帽子を受けとると、魔女はかかしに、「ドロシーがいなくなったら、あなたはどうします？」と訊いた。

「エメラルドの街に戻りますよ」かかしは答えた。「街の支配者になるようオズに指名されまして、民もわたしのことを気に入ってくれてるんです。ひとつだけ気がかりなのは、トンカチ頭の丘をどうやって越えるかです」

「黄金の帽子を使って、空飛ぶ猿たちにあなたをエメラルドの街の門まで運ばせましょう」グリンダは言った。「そんなにすばらしい支配者を、民から奪ってしまうのは忍びないですからね」

「わたしってほんとにすばらしいんですか？」かかしが訊いた。

「あなたは並の人ではありません」グリンダは答えた。

それからブリキの木こりのほうを向いて、訊いた。

「ドロシーがこの国を出たら、あなたはどうするのです？」

木こりは斧に寄りかかって、しばし考えた。それからこう言った。

「ウィンキーたちはわたしにとても親切にしてくれて、悪い魔女が死んだとき、わたしに支配者になれと言ってくれました。わたしもウィンキーたちのことは気に入ってますし、もう一度西の国に帰って、ずっとあの人たちの支配者になれたら一番です」

「空飛ぶ猿たちに、二つめに」グリンダは言った。「あなたをぶじウィンキーの国まで連れていくよう命令しましょう。あなたの脳味噌は、見た目にはかかしほど大きくないかもしれないけれど、あなたのほうがきちんとみがいたらあかるいし、きっと聡明な支配者になるでしょう」

それから魔女は大きな、毛むくじゃらのライオンを見て、訊いた。

「ドロシーが家に帰ったら、あなたはどうなるのです？」

「トンカチ頭の丘の向こうに」ライオンは答えた。「大きな古い森があって、そこに住んでいる獣たちがわたしを王にしてくれたんです。あの森に戻れさえしたら、とてもしあわせにくらせるんです」

「空飛ぶ猿たちに、三つめに」グリンダが言った。「あなたを森へ運ぶよう命令しましょう。そうやって黄金の帽子の力をつかいきって、猿の王に渡して、猿たちを永久に自由にしてやりましょう」

かかしとブリキの木こりとライオンは、よい魔女の親切さに心から感謝した。ドロシーも言った。

「あなたはほんとうに、美しい上に優しいんですね！　でもまだ、カンザスへ帰る道は教えてくれてないわ」

「銀の靴が、あなたを砂漠の向こうまで運んでくれます」グリンダが答えた。「靴の力を知っていたら、あなたはこの国に来たその日に、エムおばさんのところに帰れたのですよ」

「でもそうしていたら、わたしはすばらしい脳味噌をもらえませんでしたよ！」とかかしがさけんだ。「一生、トウモロコシ畑ですごしていたかもしれません」

「わたしもこのすてきな心臓をもらえませんでしたよ」ブリキの木こりが言った。「あの森に立って、世界の終わりまでただひたすら錆びていったかもしれません」

「わたしも永久に弱虫のままくらしてましたよ」ライオンも言った。「森じゅう、親しい言葉をかけてくれる獣は一頭もいなかったでしょうよ」

「どれもそのとおりね」ドロシーは言った。「優しい仲間たちの役にたててよかったわ。でも、これでもうみんないちばん望んでいたものが手に入ったし、おまけにみんな王さまになって支配する国もできたんだから、あたしはカンザスに帰りたいわ」

「銀の靴にはすばらしい力がたくさんあります」よい魔女は言った。「なかでもふしぎなのは、三歩で世界中どこへでも運んでいってくれる力です。しかもその一歩一歩は、一瞬のあいだにすんでしまうのです。左右のかかとを三回合わせて鳴らし、行く先を伝えるだけでいいのです」

「そうだったら」ドロシーはうれしそうに言った。「いますぐカンザスに連れて帰ってくれるよう頼むことにするわ」

ドロシーはライオンの首に両腕を巻きつけ、その大きな頭をぽんぽん優しくたたきながら彼にキスした。それから、関節にとっては実に危険なことにしくしく泣いているブリキの木こりにキスした。かかしに対しては、ペンキで描いた顔にキスする代わりに、そのやわらかい、わらの詰まった体を抱きしめた。そして気がつけば、このすてきな仲間たちと別れるのが悲しくて、自分も泣いているのだった。

よい魔女グリンダは、ルビーの玉座から降りてきてドロシーに別れのキスをし、ドロシーは彼女に、わたしたちみんなに親切にしてくださってありがとうございます、と礼を言った。

そしておごそかにトトを抱きあげ、もう一度最後のさよならを言ってから、靴のかかとを三回鳴らして、言った。

「あたしをエムおばさんのところに連れて帰って！」

ドロシーはたちまちぐるぐる回りながら空をのぼって行き、それがあまり速いものだから、耳もとを風がひゅうっと吹きぬけていく以外何も見えず、何も感じなかった。

銀の靴が三歩進んだだけで、ドロシーはもう止まっていて、これもあまり急だったものだから、草の上をごろごろ転がるばかりで、そこがどこかもわからなかった。けれども、やっとのことで起きあがり、あたりを見まわした。

「まあ！」ドロシーはさけんだ。

そこは広大なカンザスの平原だった。すぐ目の前には、大竜巻が前の家を運びさったあとにヘンリーおじさんが建てた、新しい家があった。おじさんは納屋の前の庭で牛の乳をしぼっていて、トトはもうドロシーの腕から飛びだし、ワンワン吠えながら納屋めざしてかけていた。

ドロシーが立ちあがると、見れば足には靴下しかはいていなかった。銀の靴は空を飛んでいる最中に脱げて、砂漠に失われてしまっていた。

24　ただいま

キャベツに水をやろうと家から出てきたエムおばさんが顔を上げると、ドロシーがかけてくるのが見えた。

「あらまあ、ドロシーや！」おばさんはさけんで、彼女を抱きしめ、顔じゅうにキスした。「いったいどこへ行ってたんだい？」

「オズの国よ」ドロシーは重々しく言った。「トトもいっしょよ。ああ、エムおばさん！ ほんとうにうれしいわ、帰ってこられて！」

了

訳者あとがき

児童文学というと、物語のなかで大人の世界と子どもの世界がはっきり分かれていることも多いように思うが、『オズの魔法使い』はそうではない。この本にあっては、大人と子どもの線引きはそれほど明快でない。

かかし、ブリキの木こり、弱虫のライオン等々、ドロシーがオズの国で出会う人たちはいちおう大人のように描かれているけれど、彼らはドロシーを子ども扱いしないし、ドロシーも彼らを大人扱いはしない。カンザスに帰りたいドロシー、脳味噌が欲しいかかし、心臓が欲しい木こり、勇気が欲しいライオンが――要するに、それぞれ何か大切なものが自分に欠けている気がしている者たちが――年齢・性別・種を超えてゆるやかにつながっている。カンザスなんてどこだか知らないし、脳味噌だの心臓だのなんてなくてもいいのに、と、たがいに仲間たちの望みを内心やや冷ややかに眺めつつ、でもその望みの切実さだけはみんな尊重しあっている。大人／子どもという線引きとは無関係な共同体が、そこにはある。

これがたとえば、一九〇〇年刊の『オズの魔法使い』とほぼ同世代の作品『ピーター・パン』（戯曲版一九〇四年、小説版一一年）では、そもそも最初の一行から「子どもはみんな、ひとりを例外として、いずれ大人になる」と、子どもと大人の世界とを区別することからはじめている。あるいは、チャールズ・シュルツの漫画『ピーナッツ』では、大人はコマのなかにはぜったい出てこないけれど、逆にまさにその徹底した不在をとおして、チャーリー・ブラウンやライナスたちが生きる世界を大人たちが外側から規制し圧迫していることが伝わってくる。『オズ』との違いは歴然としている。

たしかに『オズ』でも、大人のなかで魔法使いにはそれなりの力が備わっているが、たとえば作家のサルマン・ラシュディが言うとおり、女の魔法使いの力は善であれ悪であれ概して本物だけれども、男の魔法使いの力は概して幻影である（これはラシュディによる一九三九年映画版『オズ』論に出てくる指摘だが、原作にも等しくあてはまる）。たぶんそのせいで、なかば例外的に大人が力を発揮しても、現実の男性中心の大人社会が再現されている感じがしないのだろう。

それにしても、変な本である。大竜巻でオズの国に連れてこられたドロシーが、エムおばさんのいるカンザスに帰りたいと願う、これはわかる。だがかかしは、自分には脳味噌がないから何も考えられないと言っているのに、ずいぶん賢いことを考えて一度ならずみんなを窮地から救い出す。ブリキの木こりだって、心臓＝心がないのに、心ないどころか、ずいぶん心やさしい。「自分に心がないことを承知していたから、何に対しても残酷だったり不親切だったりしないよう、すごく気をつけていた」。結果としてはこの「心ない」キャラクターが、一同のなかでいちばん心やさしく思えるほどである。そして、弱虫のライオンにしても、わたし、怖くてしかたないんですけど、とかなんとか言いながら、なかなか勇敢に仲間たちを守るではないか。かかし＝脳なし、木こり＝心なし、ライオン＝勇気なしという設定を、作者はどこまで本気で考えているのか？

だが、こういう「不徹底」なところ、物語が設定にまじめに従わないところに、『オズ』独特の深さがある。人形や写真やイラストを組みあわせた、風変わりなビジュアル版『オズの魔法使い』を作ったイギリス人芸術家グレアム・ロールはこう言っている。

ここには人生をめぐる大切な教えが隠れている。僕たちが憧れるものや、自分には欠けていると思っているものが、実は往々にして、すでに僕たちのなかにあるということ、けれどそれを発見するために僕たちはいったん旅に出なければならないということ、それをこの物語は教えているのだ。（訳引用者 以下同）

こうした「教訓」を、『オズの魔法使い』という作品は、物語全体をとおして、いわば読み手の体にしみ込ませるようにさりげなく伝えている。脳味噌がないから考えられないはずのかかしが賢いことを考え出したり、心ないはずのブリキの木こりが心やさしかったりするさまを読んで、われわれ読み手は、考えるとはどういうことか、心とは何か、そういったことをいつしか考えるともなく考えている。設定が律儀に守られていたら、こうは行かない。

ほかの面でも、「不徹底さ」はこの本の大きな魅力である。ドロシーやかかしやブリキの木こりたちは、オズの国でいろいろな冒険をくり広げるが、一人はほんとうはカンザスに帰りたいと思っているし、残りも脳味噌が、心臓が、勇気が欲しいと思っている。考えていること、望んでいることがみんな実はばらばらだし、誰ひとり、べつに冒険をしたくてしているわけでもない。少し極端に言えば、みんな、ほとんどしかたなく冒険しているように見える。そういう、冒険談としてはいまひとつ煮えきらないところが、物語をむしろリアルにしている。

さらに細かいことを言えば、たとえば、主要なキャラクターのなかで、ドロシーがかわいがっている小犬のトトだけは言葉を喋(しゃべ)らない、という点も大変いい。オズの数々の続篇のなかで、動物はだいたいみなファンタジーの文法にのっとって言葉を話すが、トトひとりが話さないことによって、オズの国に現実的要素がいい感じに持ち込まれている（ちなみに、続篇ではトトが実は喋れることが判明する――一九一四年刊の『オズのチクタク』でオズマ姫が言うには、トトはオズの国に来た瞬間から自分が喋れるとわかったのだが、「喋らないほうが好ましい」〔he prefers not to talk〕という、メルヴィルのバートルビーばりの深遠さを発揮して黙っていたのである！）。二十代前半にして『オズ』の膨大な注釈書を刊行したマイケル・パトリック・ハーンが指摘したように、そういう無力なトトが、ドロシーがカンザスを離れる、オズの国を脱出する／しない、ドロシーたちがオズの正体を知る、といった重大な場面ではつねに展開に一役買っているあたりが、物語としても巧みである。

このへんで、作者L・フランク・ボームの、『オズ』に至るまでの足跡にも触れておこう。一八五六年、ニューヨーク州の小さな村チテナンゴで生まれたボームは、幼いころは心臓の弱い子どもだったが、想像力は旺盛（おうせい）だった。息子がどうしようもない夢想家になってしまうことを恐れて、両親は彼を軍隊式の全寮制学校に送ったが、むろんその生活は肌に合わず、二年しか持たなかった（というか、よく二年も持ったと思う）。十五歳のときに、当時流行していたアマチュア用印刷機を父親に買ってもらって、弟といっしょに四ページの文芸新聞『ローズローン・ホームジャーナル』を発行し、記事もほとんど自分で書いた。一八七三年には切手収集者向けのパンフレットもつくっている。

職に就くべき年齢になると、親戚の経営する衣料品卸店でしばらく働いたのち、これも当時流行していた高級種の鶏の飼育に携わり、ほどなくその業界では全国的な権威となった。こうした経験はのちにそれぞれ本の形で結実し、『ハンブルグ種鶏の書――ハンブルグ各品種の交尾、飼養、管理をめぐる小論』(一八八六)はボーム最初の本格的著書となったし、『衣料品ウィンドウ・店内内装の技術』が『オズの魔法使い』と同じ一九〇〇年に刊行されたことからも、この人の才能の多彩ぶりが窺える。

だが、若きボームが熱を上げていたのは、演劇だった。十代のころから、脚本執筆、演出、自演、興行など多彩な形で演劇活動に携わり、父親に建ててもらった自前のオペラハウスが開館四か月と経たないうちに火事で焼けるといった不運もあって大きな成功には至らなかった(むしろ損をすることのほうが多かった)が、その後もさまざまな形で演劇には情熱を注ぎつづけることになる。

一八八二年、著名な女権論者マティルダ・ジョスリン・ゲージの娘モードと結婚。夫婦は四人の息子をもうけるが、妻に対しても息子たちに対しても、ボームは優しい夫であり父親であったようである。実際、「わたしはすごくいい人間なのです。でもすごくだめな魔法使いではあります」と自分について言うオズは、優しいけれど商売の才は大いに怪しかったボーム自身と重なりあう。妻モードは夫に欠けていたビジネスセンスを持ちあわせていたようだが、その妻の現実感覚をもってしても、ボームをたびたびの破産から救うことはできなかった。

一八九〇年代の後半から子ども向けの本を出版しはじめ、一八九九年に出した詩集『ファザー・グース』が好評を博し、翌一九〇〇年に刊行した『オズの魔法使い』が発売直後から大評判となって、児童文学作家としての地位はひとまず確立された。一九〇二年には、『オズ』の舞台版もつくられ、当時まだ存在していなかった「ミュージカル」の先駆けのようなその舞台は大成功を収めた（舞台版では、犬のトトがイモジーンなる名の牛に変わっているなど、いくつか変更が加えられているが、これはかならずしもボームの意向ではなかったようである）。

その後もボームは、別の名前で本を書いたり、生まれたてだった映画の会社をつくったり、いろいろなことに手を染めるが、たいてい商売としては上手く行かず、特に映画は壊滅的だった。人びとが愛したのは、やはり『オズ』だったのである。ボーム自身は続篇を書く気はなかったが、読者からあと押しもされ、経済的な必要にも迫られて、けっきょく生涯で十三冊の続篇を書くことになる。

この『オズの魔法使い』の「はじめに」でも述べているように、ボームは教訓狙いの陰惨さを排した、明るい、愉快な物語を書きたいと望んだ。たしかに『オズ』では、悪い魔女といってもすごく悪い感じはしないし、概してオズの国にはひどく邪悪なものは存在しないと言っていいだろう。

だが、世界の暗い部分をまるっきりないことにして、みんながみんな青空を仰いでいるような空しい明るさで物語を覆ってしまうには、ボームはあまりにすぐれたストーリーテラーだった。世界の暗い影は、そこここに見え隠れしている。この点について、ロジャー・セールという批評家はこう述べている――「ボームの作品群や、アメリカの児童文学全般に、もし一つの際立った特色があるとすれば、それは、暗い妄執的な不安を多くの場合隠そうとしない明るい天真爛漫さ (sunny air of naïveté) なのである」(『ファンタジーの伝統』定松正訳一部改変)。

世界に邪悪なものがあることを認めつつ、まあ何とかなるさととりあえず楽観する、という姿勢を、セールをはじめ多くの評者が「アメリカ的」と規定している。たぶんそれは正しいだろう。同じように一人の女の子が知らない世界に迷いこむ話である、イギリス人ルイス・キャロルが書いた『不思議の国のアリス』(一八六五)と較べてみると、そのことははっきりする。ボームは同じ一九〇〇年に『新しい不思議の国』(*A New Wonderland*) と題した奇想天外な本も刊行していて(のち『モーの魔法の王国』と改題、邦題は『魔法がいっぱい!』)、キャロルへの対抗意識はあったようである。両者を比較して、作家で児童文学に関する著作も多いアリソン・ルーリーはこう書いている。

> 〔アリスとドロシーは〕二人とも独立心があって、勇敢で、実際的な女の子である。だがアリスは、中流階級の上に属すヴィクトリア朝の子どもらしく、マナーや社会的ステータスをドロシーよりずっと気にする。鼠にはどう声をかけるのが適切か気に病むし、メイベルのように狭苦しい家に住まなくてもいいことを彼女は嬉しく思う。ドロシーははじめから狭苦しい家に住んでいる。人口統計学者が見たら、彼女を地方在住の貧者と分類するだろう。だが彼女は、誰と出会っても、相手と自分が平等であることを当然と考えるのだ。

階級制度から自由な民主主義、というきわめてアメリカ的価値をドロシーは体現しているというわけだ。「明るい天真爛漫さ」もそこから生じると考えて間違いないだろう（むろん、次々仲よしが増えるドロシーとは違って、誰もが難題をふっかけたり意地悪を言ったりまるっきりのナンセンスを並べたりするなかで一人絶望もせず健気にふるまうアリスも立派なものだが……）。

一連のオズ物語を貫く楽しさも、「明るい天真爛漫さ」があってこそ可能になっている。生活費を稼ぐ必要もあったことは確かだが、物語を書くにあたって、読者を楽しませること、ボームはそれをつねに真剣に考えていた。オズ・シリーズの第四巻『ドロシーとオズの魔法使い』(邦題『オズの不思議な地下の国』)の序文「読者のみなさんへ」に書いた次の一節は、すべてのオズ物語の一行一行をとおして、ボームがつねに発しつづけていたメッセージでもあっただろう――

わたしの物語によって、みなさんを楽しませること、みなさんの興味を惹くことができて、みなさんの友情、さらには愛情を得ることができたなら、それはわたしにとって、合衆国大統領になるのと同じくらい大きな達成なのです。実際、いまのこういう状況であれば、大統領なんかになるより、みなさんのストーリーテラーでいるほうが、わたしはずっとうれしいのです。

本書は「デジタル野性時代」4号（二〇一一年四月）から
二〇一三年二月号に連載されたものを文庫化しました。

オズの魔法使い

ライマン・フランク・ボーム

柴田元幸＝訳

角川文庫 17828

平成二十五年二月二十五日　初版発行

発行者—井上伸一郎

発行所—株式会社角川書店
東京都千代田区富士見二—十三—三
電話・編集（〇三）三二三八—八五五五
〒一〇二—八〇七八

発売元—株式会社角川グループパブリッシング
東京都千代田区富士見二—十三—三
電話・営業（〇三）三二三八—八五二一
〒一〇二—八一七七
http://www.kadokawa.co.jp

印刷所—暁印刷　製本所—BBC

装幀者—杉浦康平

定価はカバーに明記してあります。

ホ 17-1　ISBN978-4-04-100708-2　C0197

角川文庫発刊に際して

角川源義

第二次世界大戦の敗北は、軍事力の敗北であった以上に、私たちの若い文化力の敗退であった。私たちの文化が戦争に対して如何に無力であり、単なるあだ花に過ぎなかったかを、私たちは身を以て体験し痛感した。西洋近代文化の摂取にとって、明治以後八十年の歳月は決して短かすぎたとは言えない。にもかかわらず、近代文化の伝統を確立し、自由な批判と柔軟な良識に富む文化層として自らを形成することに私たちは失敗して来た。そしてこれは、各層への文化の普及滲透を任務とする出版人の責任でもあった。

一九四五年以来、私たちは再び振出しに戻り、第一歩から踏み出すことを余儀なくされた。これは大きな不幸ではあるが、反面、これまでの混沌・未熟・歪曲の中にあった我が国の文化に秩序と確たる基礎を齎らすためには絶好の機会でもある。角川書店は、このような祖国の文化的危機にあたり、微力をも顧みず再建の礎石たるべき抱負と決意とをもって出発したが、ここに創立以来の念願を果すべく角川文庫を発刊する。これまで刊行されたあらゆる全集叢書文庫類の長所と短所とを検討し、古今東西の不朽の典籍を、良心的編集のもとに、廉価に、そして書架にふさわしい美本として、多くのひとびとに提供しようとする。しかし私たちは徒らに百科全書的な知識のジレッタントを作ることを目的とせず、あくまで祖国の文化に秩序と再建への道を示し、この文庫を角川書店の栄ある事業として、今後永久に継続発展せしめ、学芸と教養との殿堂として大成せんことを期したい。多くの読書子の愛情ある忠言と支持とによって、この希望と抱負とを完遂せしめられんことを願う。

一九四九年五月三日